CAIO FERNANDO ABREU

FRAGMENTOS

Seleção de Luciano Alabarse

www.lpm.com.br

L&PM POCKET

Coleção **L&PM** POCKET, vol. 208

Texto de acordo com a nova ortografia.

Primeira edição na Coleção **L&PM** POCKET: novembro de 2000
Esta reimpressão: agosto de 2018

Capa: Ivan Pinheiro Machado. *Foto*: Adriana Franciosi (arquivo ZH).
Revisão: Renato Deitos

Os editores agradecem a Luciano Alabarse, que selecionou os contos e acrescentou o texto de seu acervo pessoal "Porta-retrato", inédito em livro.

A162f

Abreu, Caio Fernando, 1948-1996
    Fragmentos / Caio Fernando Abreu. – Porto Alegre: L&PM, 2018.
    144 p. ; 18 cm – (Coleção L&PM POCKET ; v. 208)

    ISBN 978-85-254-1043-6

    1. Ficção brasileira-Contos. I. Título. II. Série.

                    CDD 869.931
                    CDU 869.0(81)-34

Catalogação elaborada por Izabel A. Merlo, CRB 10/329

© sucessão Caio Fernando Abreu, 2000

Todos os direitos desta edição reservados a L&PM Editores
Rua Comendador Coruja, 314, loja 9 – Floresta – 90.220-180
Porto Alegre – RS – Brasil / Fone: 51.3225.5777

PEDIDOS & DEPTO. COMERCIAL: vendas@lpm.com.br
FALE CONOSCO: info@lpm.com.br
www.lpm.com.br

Impresso no Brasil
Inverno de 2018

FRAGMENTOS

Livros do autor na Coleção **L&PM** POCKET

Fragmentos
Ovelhas negras
O ovo apunhalado
Triângulo das águas

Sumário

Porta-retrato...7
Os sapatinhos vermelhos............................12
Sargento Garcia..31
Uma história de borboletas........................57
Além do ponto..72
Paris não é uma festa 78
Para uma avenca partindo 86
Os sobreviventes...93
Pela passagem de uma grande dor 102
Aqueles dois 117
O inimigo secreto 133

PORTA-RETRATO

Tinha secado: esse era talvez o ponto. Não a palavra exata, que já não tinha essas pretensões, mas a mais próxima. Sabia pouco a respeito de árvores, ou sabia de um jeito não científico, desses de tocar, cheirar e ver, mas imaginava que o processo interno de ressecamento começasse bem antes da morte aparecer no verde brilhante das folhas, na polpa dos frutos ou na casca do tronco. Não era evidente nem externo ou explícito o que padecia. E padecia? perguntava-se detalhando os traços com as pontas dos dedos, nada que revelasse na umidade da boca ou num contorno de nariz – uma dor? Não era assim. Gostaria de voltar atrás, com sentimentos curtos e claros feito frases sem orações intercaladas, iluminar aos poucos, um mineiro, uma lanterna, o poço fundo, uma linguagem? A unha batia contra o dente. Contatos assim: uma coisa definida chocando-se com outra definida também. E não só contatos, emoções, linguagens. Quase analfabeto de si mesmo, sem vocabulário suficiente para explicar-se sequer a um espelho. Não queria assim, esses turvos. Não queria assim, esses vagos. Sem nenhum humor. Sem nada que pulsasse mais forte que o frio cuidado com que desordenava-se, um gole disciplinado de vodca quando alguma corda do violino rebentava em plena sinfonia e, no meio do palco, impossível deter o acorde. Unicamente imagens assim lhe ocorriam, essa coisa das árvores, das gramáticas, das minas, dos concertos. Elegantemente, sempre. As luvas brancas, as longas pinças esterilizadas com que tocava sem tocar o todo, o tudo e o si. Um vício que lhe vinha quem sabe da mania de ouvir música erudita, mesmo enquanto apenas vivia, antes os fones nos ouvidos que os gritos na vizinhança. E por mais que afetasse um ar de quem lentamente cruza as pernas em público, puxando com cuidado as calças para que não amarrotassem, saberia sempre de sua própria farsa. Tão conscientemente falsa que sua inverdade era o que de mais real havia, e isso nem sequer era apenas um jogo de palavras. A grande mentira que ele era, era verdade. Ou: a mentira nele nunca fora fraude, mas essência. Seu segredo mais fundo e mais raso, daí quem sabe a surpresa branca de quando ouvira um quase-amigo dizer que não passava de uma personagem. Prometera-se sentimentos sem intercalados, mas sentia agora uma necessidade de explicar ao ninguém que superlotava sua constante plateia, com ele sempre fora assim: quase-amigos, nada de intimidades. Mas voltando atrás no ir adiante: uma surpresa quê. Não, não uma surpresa quê. Uma não surpresa surpreendida, pois como e por que se fizera visível e dizível naquele momento o que nem sequer alguma vez escondera? Perdia-se, não eram teias. Nem labirintos. Fazia questão de esclarecer que sua maneira torcida não se tratava de estilo, mas uma profunda dificuldade de expressão. Por esse lado, quem sabe? As emoções e os pensamentos e as sensações e as memórias e tudo isso enfim que se contorce no mais dedentro de uma pessoa – tinham ângulos? Havia lados mais como direi? Fragmentava-se: era os pedaços descosturados de uma colcha de retalhos. Pedia atenção aqui, por favor, mais por gestos, entonações ou simplesmente clima, e regirava: era os retalhos, um por um, não a colcha, ele. Desde o xadrez vermelho ao cetim roxo sem estampa, e assim por diante, todos. Quase parava de aborrecer-se então, como quem troca súbito uma peça para violino e cravo por um atabaque de candomblé. O leve tédio suspenso como poeira espanada logo voltava a desabar. O bocejo era a compreensão mais amarga que conseguia de si mesmo. E posto isso, cabia a seguir qualquer atitude desesperada como casar, tentar o suicídio, fazer psicoterapia ou um concurso para o Banco do Brasil. Localizava-se, mais fácil assim, dando nome às coisas. Um entusiasmo tênue como o gosto de uma alface. Isso, estar, ser. Uma vontade de interromper-se aqui, paladar estragado pelo excesso de cigarros tentando inutilmente dar um nome ao gosto que fugia entre os dentes. Em algum quarto, há muito não sabia de línguas no seu corpo, ou tão sabidas tinham se tornado que. Vacilava entre a certeza quase absoluta de estar alcançando qualquer coisa próxima de uma sabedoria inabalável, alta como um minarete, gelada como um iceberg – melhor assim: uma montanha de compreensão sem dor de todas as coisas. Ou, talvez o ponto, nem icebergs, nem minaretes – mas árvore. Inventava com os olhos no ar vazio à sua frente um verde copado de sumarentos frutos, como se diria num outro tempo, se é que alguma vez se disse, dizia sim, dizia agora, desavergonhado e frio. Verde copado de sumarentos frutos. Folhagem de seda lustrosa. Tronco pétreo ancestral. O seco invisível como verme instalado no de-dentro. Impressentível, sob a casca, caminhando lento, questão de tempo, apenas, e semente contendo o galho crispado, mão de bruxa, roendo. Tinha dois olhos duros. Dois olhos grandes de quem vê muito, e não acha nada. Tinha secado, era certamente esse o ponto. Nunca a palavra exata, esclarecera de início. Já não tinha mais essas pretensões.

Caio/sp/78

Os sapatinhos vermelhos

Para Silvia Simas

"– *Dançarás* – disse o anjo. – *Dançarás com teus sapatos vermelhos... Dançarás de porta em porta... Dançarás, dançarás sempre.*"

(Andersen: *Os sapatinhos vermelhos*)

1

Tinha terminado, então. Porque a gente, alguma coisa dentro da gente, sempre sabe exatamente quando termina – ela repetiu olhando-se bem nos olhos, em frente ao espelho. Ou quando começa: certo susto na boca do estômago. Como o carrinho da montanha-russa, naquele momento lá no alto, justo antes de despencar em direção. Em direção a quê? Depois de subidas e descidas, em direção àquele insuportável ponto seco de agora.

Restava acender outro cigarro, e foi o que fez. No momento de dar a primeira tragada, apoiou a face nas mãos e, sem querer, esticou a pele sob o olho direito. Melhor assim, muito melhor. Sem aquele ar desabado de cansaço indisfarçável de mulher sozinha com quase quarenta anos, mastigou sem pausa nem piedade. Com os dedos da mão esquerda, esticou também a pele debaixo do outro olho. Não, nem tanto, que assim parecia uma japonesa. Uma japa, uma gueixa, isso é que fui. A putinha submissa a coreografar jantares à luz de velas – Glenn Miller ou Charles Aznavour? –, vertendo trêfega os sais – camomila ou alfazema? – na água da banheira, preparando uísques – uma ou duas pedras hoje, meu bem?

Nenhuma pedra, decidiu. E virou a garrafa outra vez no copo. Aprendera com ele, nem gostava antes. Tempo perdido, pura perda de tempo. E não me venha dizer mas teve bons momentos, não teve não? A cabeça dele abandonada em seus joelhos, você deslizando devagar os dedos entre os cabelos daquele homem. Pudesse ver seu próprio rosto: nesses momentos você ganhava luz e sorria sem sorrir, olhos fechados, toda plena. Isso não valeu, Adelina?

Bebeu outro gole, um pouco sôfrega. Precisava apressar-se, antes que a quinta virasse Sexta-Feira Santa e os pecados começassem a pulular na memória feito macacos engaiolados: não beba, não cante, não fale nome feio, não use vermelho, o diabo está solto, leva sua alma para o inferno. Ela já está lá, no meio das chamas, pobre alminha, nem dez da noite, só filmes sacros na tevê, mantos sagrados, aquelas coisas, Sexta-Feira da Paixão e nem sexo, nem ao menos sexo, isso de meter, morder, gemer, gozar, dormir. Aquela coisa frouxa, aquela coisa gorda, aquela coisa sob lençóis, aquela coisa no escuro, roçar molhado de pelos, baba e gemidos depois de – quantos mesmo? – cinco, cinco anos. Cinco anos são alguma coisa quando se tem quase quarenta, e nem apartamento próprio, nem marido, filhos, herança: nada. Ponto seco, ponto morto.

Ué, você não *escolheu*? Ele ficou então parado à frente dela, muito digno e tão comportadamente um-senhor-de-família-da-Vila-Mariana dentro do terno suavemente cinza, gravata pouco mais clara, no tom exato das meias, sapatos ligeiramente mais escuros. Absolutamente controlado. Nem um fio de cabelo fora do lugar enquanto repetia pausado, didático, convincente – mas Adelina, você sabe tão bem quanto eu, talvez até melhor, a que ponto de desgaste nosso relacionamento chegou. Devia falar desse jeito mesmo com os alunos, impossível que você não perceba como é doloroso para mim mesmo encarar este rompimento. Afinal, a afeição que nutro por você é um fato.

Teria mesmo chegado ao ponto de dizer *nutro*? Teria, teria sim, teria dito nutro & relacionamento & rompimento & afeto, teria dito também estima & consideração & mais alto apreço e toda essa merda educada que as pessoas costumam dizer para colorir a indiferença quando o coração ficou inteiramente gelado. Uma estalactite – estalactite ou estalagmite? merda, umas caíam de cima, outras subiam de baixo, mas que importa: aquela lança fininha de gelo afiado – cravada com extrema cordialidade no fundo do peito dela. Vampira, envelheceria séculos lentamente até desfazer-se em pó aos pés impassíveis dele. Mas ao contrário, tão desamparada e descalça, quase nua, sem maquilagem nem anjo de guarda, dentro de uma camisola velha de pelúcia, às vésperas da Sexta-Feira Santa, sozinha no apartamento e no planeta Terra.

Esmagou o cigarro, baixou a cabeça como quem vai chorar. Mas não choraria mais uma gota sequer, decidiu brava, e contemplou os próprios pés nus. Uns pés pequenos, quase de criança, unhas sem pintura, afundados no tapetinho amarelo em frente à penteadeira. Foi então que lembrou dos sapatos. Na segunda-feira, tentando reunir os fragmentos, não saberia dizer se teria mesmo precisado acender outro cigarro ou beber mais um gole de uísque para ajudar a ideia vaga a tomar forma. Talvez sim, pouco antes de começar a escancarar portas e gavetas de todos os armários e cômodas, à procura dos sapatos. Que tinham sido presente dele, meio embriagado e mais ardente depois de um daqueles fins de semana idiotas no Guarujá ou Campos do Jordão, tanto tempo atrás. Viu-se no espelho de má qualidade, meio deformada à distância, uma mulher descabelada jogando caixas e roupas para os lados até encontrar, na terceira gaveta do armário, o embrulho em papel de seda azul-clarinho.

Desembrulhou, cuidadosa. Uma súbita calma. Quase bailarina em gestos precisos, medidos, elegantes. O silêncio completo do apartamento vazio quebrado apenas pelo leve farfalhar do papel de seda desdobrado sem pressa alguma. E eram lindos, mais lindos do que podia lembrar. Mais lindos do que tinha tentado expressar quando protestou, comedida e comovida – mais são tão… tão ousados, meu bem, não têm nada a ver comigo. Que evitava cores, saltos, pinturas, decotes, dourados ou qualquer outro detalhe capaz sequer de sugerir sua secreta identidade de mulher-solteira-e-independente-que-tem-um-amante-casado.

Vermelhos – mais que vermelhos: rubros, escarlates, sanguíneos –, com finos saltos altíssimos, uma pulseira estreita na altura do tornozelo. Resplandeciam nas suas mãos. Quase cedeu ao impulso de calçá-los imediatamente, mas sabia instintiva que teria primeiro de cumprir o ritual. De alguma forma, tinha decorado aquele texto há tanto tempo que apenas o supunha esquecido. Como uma estreia adiada, anos. Bastavam as primeiras palavras, os primeiros movimentos, para que todas as marcas e inflexões se recompusessem em requintes de detalhes na memória. O que faria a seguir seria perfeito, como se encenado e aplaudido milhares de vezes.

Perfeitamente: Adelina colocou um disco – nem Charles Aznavour, nem Glenn Miller, mas uma úmida Billie Holiday, *I'm glad, you're bad*, tomando o cuidado de acionar o botão para que a agulha voltasse e tornasse a voltar sempre, *don't explain*, depois deixou a banheira encher aos poucos de suave água morna, salpicou os sais antes de mergulhar, com Billie gemendo rouca ao fundo, *lover man*, e lavou todos os orifícios, e também os cabelos, todos os cabelos, enfrentou o chuveiro frio, secou o corpo e cabelos enquanto esmaltava as unhas dos pés, das mãos, no mesmo tom de vermelho dos sapatos, mais tarde desenhou melhor a boca, já dentro do vestido preto justo, drapeado de crepe, preso ao ombro por um pequeno broche de brilhantes, escorregando pelo colo para revelar o início dos seios, acentuou com o lápis o sinal na face direita, igualzinho ao de Liz Taylor, todos diziam, sublinhou os olhos de negro, escureceu os cílios, espalhou perfume no rego dos seios, nos pulsos, na jugular, atrás das orelhas, para exalar quando você arfar, minha filha, então as meias de seda negra transparente, costura atrás, tigresa *noir*, Lauren Bacall, e só depois de guardar na carteira talão de cheques, documentos, chave do carro, cigarros e o isqueiro de prata que tirou da caixinha de veludo grená, presente dos trinta e sete, só mesmo quando estava pronta dos pés à cabeça e desligara o toca-discos, porque eles exigiam silêncio – foi que sentou outra vez na penteadeira para calçar os sapatinhos vermelhos.

Apagou a luz do quarto, olhou-se no espelho de corpo inteiro do corredor. Gostou do que viu. Bebeu o último gole de uísque e, antes de sair, jogou na gota dourada do fundo do copo o filtro branco manchado de batom.

2

Eram três, estavam juntos, mas o negro foi o primeiro a pedir licença para sentar. A única mulher sozinha na boate. Tinha traços finos, o negro, afilados como os de um branco, embora os lábios mais polpudos, meio molhados. Músculos que estalavam dentro da camiseta justa, dos jeans apertados. Leve cheiro de bicho limpo, bicho lavado, mas indisfarçavelmente bicho atrás do sabonete.

– E aí, passeando? – ele perguntou, ajeitando-se na cadeira à frente dela.

Curvou-se para que ele acendesse seu cigarro. A mão grande, quadrada, preta e forte não se moveu sobre a mesa. Ela mesma acendeu, com o isqueiro de prata. Depois jogou a cabeça para trás – a marcação era perfeita –, tragou fundo e, entre a fumaça, soltou as palavras sobre os patéticos pratinhos de plástico com amendoim e pipocas:

– Você sabe, feriado. A cidade fica deserta, essas coisas. Precisa aproveitar, não?

Por baixo da mesa, o negro avançou o joelho entre as coxas dela. Cedeu um pouco, pelo menos até sentir o calor aumentando. Mas preferiu cruzar as pernas, estudada. Que não assim, tão fácil, só porque sozinha. E quase quarentona, carne de segunda, coroa. Sorriu para o outro, encostado no balcão, o moço dourado com jeito de tenista. Não que fosse louro, mas tinha aquele dourado do pêssego quando mal começa a amadurecer espalhado na pele, nos cabelos, provavelmente nos olhos que ela não conseguia ver sem óculos, a distância. O negro acompanhou seu olhar, virando a cabeça sobre o próprio ombro. De perfil – ela notou –, o queixo era brusco, feito a machado. Mesmo recém-feita, a barba rascaria quando se passasse a mão. Antes que dissesse qualquer coisa, ela avançou, voz muito rouca:

– Por que não convida seus amigos para sentar com a gente? – Ele rodou um amendoim entre os dedos. Ela tomou o amendoim dos dedos dele. O crepe escorregou do ombro para revelar o vinco entre os dois seios: – Acho que você não precisa disso.

O negro franziu a testa. Depois riu. Passou o indicador nas costas da mão dela, pressionando:

– Pode crer que não.

Soprou a fumaça na cara dele:

– Será?

– Garanto a você.

Descruzou as pernas. O joelho dele tornou a apertar o interior de suas coxas. Quero te jogar no solo, a música dizia.

– Então chame seus amigos.

– Você não prefere que a gente fique só nós dois?

Tão escuro ali dentro que mal podia ver o outro, ao lado do tenista dourado. Um pouco mais baixo, talvez. Mas os ombros largos. Qualquer coisa no porte, embora virado de costas para ela, de frente para o balcão, curvado sobre o copo de bebida, qualquer coisa na bunda firme desenhada pelo pano da calça – qualquer coisa ali prometia. Remexeu as pedras de gelo do uísque na ponta das unhas vermelhas.

– Uns rapazes simpáticos. Assim, sozinhos. Não são seus amigos?

– Do peito – ele confirmou. E apertou mais o joelho. A calcinha dela ficou úmida. – Tudo gente boa.

– Gente boa é sempre bem-vinda – falava como a dublagem de um filme. Uma mulher movia o corpo e a boca: ela falava. Um filme preto e branco, bem contrastado, um filme que não tinha visto, embora conhecesse bem a história. Porque alguém contara, em hora de cafezinho, porque vira os cartazes ou lera qualquer coisa numa daquelas revistas femininas que tinha aos montes em casa. As mais recentes, na parte de baixo da mesinha de vidro da sala. As outras, acumuladas no banheiro de empregada, emboloradas por um eterno vazamento no chuveiro, que a diarista depois levava. Para vender, dizia. E ela odiava contida a ideia das páginas coloridas das revistas dela embrulhando peixe na feira ou expostas naquelas bancas vagabundas do centro da cidade.

– Se você quer mesmo – o negro disse. E esperou que ela dissesse alguma coisa, antes de erguer a mão chamando os outros dois.

– Não quero outra coisa – sussurrou.

E meio de repente – porque depois do quarto ou quinto uísque tudo acontece sempre assim, sem que se possa determinar o ponto exato de transição, quando uma situação passa a ser outra situação –, quase de repente, o tenista-dourado estava ao lado direito dela, e o rapaz à sua esquerda. Na cadeira em frente, o negro olhava tudo com atentos olhos suspeitosos. Perguntou o que bebiam, eles disseram juntos e previsíveis: cerveja. Ela falou nossa, bebam algum drinque mais estimulante, vocês vão precisar, rapazes, um ar de Mae West. Todos os três explicaram que estavam duros, a crise, você sabe, mas de jeitos diferentes. O tenista-dourado chegou a puxar o forro do bolso para fora e mostrou, pegando a mão dela, veja só, pegue aqui, mas ela retirou a mão pouco antes de tocar. Tão próximo, calor latejante na beira dos dedos. Problema nenhum, ofereceu pródiga: eu pago. A fita da garrafa pela metade, serviu do uísque dela ao negro e ao tenista-dourado. Não ao mais baixo, que preferia vodca, natasha mesmo serve. Ela então atentou nele pela primeira vez. Todo pequeno e forte, cabelos muito crespos contrastando com a pele branca, lábios vermelhos, barba de dois, três dias, quase emendada nos cabelos do peito fugidos da gola da camisa, mãos cruzadas um tanto tensas, unhas roídas, sobre o xadrez da toalha. Cabeça baixa, concentrado em sua pequenez repleta da vitalidade que, certeira, ela adivinhava mesmo antes de provar.

Pacientes, divertidos, excitados: cumpriram os rituais necessários até chegar no ponto. Que o negro era Áries, jogador de futebol, mês que vem passo ao primeiro escalão, ganhando uma grana. Sérgio ou Silvio, qualquer coisa assim. O tenista-dourado, Ricardo, Roberto, ou seria Rogério? um bancário sagitariano, fazia musculação e os peitos que pediu que tocasse eram salientes e pétreos como os de um halterofilista, sonhava ser modelo, fiz até umas fotos, quiser um dia te mostro, peladinho, e ela pensou: vai acabar michê de veado rico. Do mais baixo só conseguiu arrancar o signo, Leão, isso mesmo porque adivinhou, não revelou nome nem disse o que fazia, estava por aí, vendo qual era, e não tinha saco de fazer social.

Eu? Gil-da, ela mentiu retocando o batom. Mas mentia só em parte, contou para o espelhinho, porque de certa forma sempre fui inteiramente Gilda, Escorpião, e nisso dizia a verdade, atriz, e novamente mentia, só de certa forma, porque toda a minha vida.

Então dançaram, um de cada vez. O negro apoiou a mão pesada na cintura dela e, puxando-a para si, encaixou o ventre dos dois, quase como se a penetrasse assim, ao som de um Roberto Carlos daqueles de motel, o côncavo, o convexo, tão apertado e rijo que ela temeu que molhasse a calça. Mas de volta à mesa, ao acariciar disfarçada o volume, tranquilizou-se antes de sair puxada pela mão dourada do tenista-dourado. Que a fez encostar a cabeça entre os dois peitos dele, cheiro de colônia, desodorante, suor limpo de homem embaixo da camisa polo amarelinha, lambeu a orelha dela, mordiscou a curva do pescoço ao som duma dessas trilhas românticas em inglês de telenovela, até que ela gemesse, toda molhada, implorando que parasse. O mais baixo não quis dançar. Quero foder você, rosnou: pra que essa frescura toda?

Foi quando ela levantou a perna, apoiando o pé na borda da cadeira, que todos viram o sapato vermelho. Depois dos comentários exaltados, as meticulosas preparações estavam encerradas, a boate quase vazia, sexta-feira instalada, e era da Paixão, cinza cru de amanhecer urbano entrando pelas frestas, o único garçom impaciente, cadeiras sobre as mesas. Tinham chegado ao ponto.

O ponto vivo, o ponto quente.

– Pra onde? – perguntou o tenista-dourado.

– Meu apartamento, onde mais? – ela disse, terminando de assinar o cheque, três estrelas, caneta importada.

– Mas afinal, com quem você quer ir? – o negro quis saber.

Ela acariciou o rosto do mais baixo:

– Com os três, ora.

Apesar do uísque, saiu pisando firme nos sapatos vermelhos, os três atrás. Lá fora, na luz da manhã, antes de entrarem no carro que o manobrista trouxe e o tenista-dourado fez questão de dirigir, os sapatos vermelhos eram a única coisa colorida daquela rua.

3

Que tirasse tudo, menos os sapatos – os três imploraram no quarto em desordem. Garrafa de uísque na penteadeira, Fafá de Belém antiga no toca-discos (escolha do tenista-dourado, o negro queria Alcione), cinzeiro transbordante na mesinha de cabeceira. Tirou tudo, jogando para os lados. Menos as meias de seda negra, com costura atrás, e os sapatos vermelhos. Nua, jogou-se na colcha de chenile rosa, as pernas abertas. Eles a cercaram lentos, jogando as zorbas sobre o crepe negro.

O negro veio por trás, que gostava assim, tão apertadinho. Ela nunca tinha feito, mas ele jurou no ouvido que seria cuidadoso, depois mordeu-a nos ombros, enquanto a virava de perfil, muito suavemente, molhando-a de saliva com o dedo, para que o mais baixo pudesse continuar a lambê-la entre as coxas, enquanto o tenista-dourado, de joelhos, esfregava o pau pelo rosto dela, até encontrar a boca. Tinha certo gosto também de pêssego, mas verde demais, quase amargo, e passando as mãos pelas costas dele confirmou aquela suspeita anterior de uma penugem macia num triângulo pouco acima da bunda, igual ao do peito, acinzentado pelo amanhecer varando persianas, mas certamente dourado à luz do sol. Foi quando o negro penetrou mais fundo que ela desvencilhou-se do tenista-dourado para puxar o mais baixo sobre si. Ele a preencheu toda, enquanto ela tinha a sensação estranha de que, ponto remoto dentro dela, dos dois lados de uma película roxa de plástico transparente, como num livro que lera, os membros dos dois se tocavam, cabeça contra cabeça. E ela primeiro gemeu, depois debateu-se, procurou a boca dourada do tenista-dourado e quase, quase chegou lá. Mas preferia servir mais uísque, fumar outro cigarro, sem pressa alguma, porque pedia mais, e eles davam, generosos, e absolutamente não se espantar quando então invertiam-se as posições, e o tenista-dourado vinha por trás ao mesmo tempo que o mais baixo introduzia-se em sua boca, e o negro metido dentro dela conseguia transformar os gemidos em gritos cada vez mais altos, fodam-se os vizinhos, depois cada vez mais baixos novamente, rosnados, grunhidos, até não passarem de soluços miudinhos, sete galáxias atravessadas, o sol de Vega no décimo quarto grau de Capricórnio e a cara afundada nos cabelos pretos encaracolados do negro peito largo dele. De outros jeitos, de todos os jeitos: quatro, cinco vezes. Em pé, no banheiro, tentando aplacar-se embaixo da água fria do chuveiro. Na sala, de quatro nas almofadas de cetim, sobre o sofá, depois no chão. Na cozinha, procurando engov e passando café, debruçada na pia. Em frente ao espelho de corpo inteiro do corredor, sem se chocar que o mais baixo de repente viesse também por trás do tenista-dourado dentro dela, que acariciava o pau do negro até que espirrasse em jatos sobre os sapatos vermelhos dela, que abraçava os três, e não era mais Gilda, nem Adelina nem nada. Era um corpo sem-nome, varado de prazer, coberto de marcas de dentes e unhas, lanhado dos tocos das barbas amanhecidas, lambuzada do leite sem dono dos machos das ruas. Completamente satisfeita. E vingada.

Quando finalmente se foram, bem depois do meio-dia, antes de jogar-se na cama limpou devagar os sapatos com uma toalha de rosto que jogou no cesto de roupa suja. Foi o néon, repetiu andando pelo quarto, aquelas luzes verdes, violetas e vermelhas piscando em frente à boate, foi o néon maligno da Sexta-Feira Santa, quando o diabo se solta porque Cristo está morto, pregado na cruz. Quando apagou a luz, teve tempo de ver-se no espelho da penteadeira, maquilagem escorrida pelo rosto todo, mas um ar de triunfo escapando do meio dos cabelos soltos.

Acordou no Sábado de Aleluia, manhã cedo, campainha furando a cabeça dolorida. Ele estava parado no corredor, dúzia de rosas vermelhas e um ovo de Páscoa nas mãos, sorriso nos lábios pálidos. Não era preciso dizer nada. Só sorrir também. Mas ela não sorria quando disse:

– Vai embora. Acabou.

Ele ainda tentou dizer alguma coisa, aquele ridículo terno cinza. Chegou mesmo a entrar um pouco na sala antes que ela o empurrasse aos gritos para fora, quase inteiramente nua, a não ser pelas meias de seda e os sapatos vermelhos de saltos altíssimos. Havia um cheiro de cigarro e bebida e gozo entranhado pelos cantos do apartamento, a cara de ressaca dela, manchas roxas de chupões no colo. Pela primeira, única e última vez ele a chamou muitas vezes de puta, puta vadia, puta escrota depravada pervertida. Jogou o ovo e as rosas vermelhas na cara dela e foi embora para sempre.

Só então ela sentou para tirar os sapatos. Na carne dos tornozelos inchados, as pulseiras tinham deixado lanhos fundos. Havia ferimentos espalhados sobre os dedos. Tomou banho muito quente, arrumou a casa toda antes de deitar-se outra vez – o broche de brilhantes tinha desaparecido, mas que importava: era falso –, tomar dois comprimidos para dormir o resto do sábado e o domingo de Páscoa inteiros, acordando para comer pedaços de chocolate de ovo espatifado na sala.

Segunda-feira no escritório, quando a viram caminhando com dificuldade, cabelos presos, vestida de marrom, gola fechada, e quiseram saber o que era – um sapato novo, ela explicou muito simples, apertado demais, não é nada. Voltavam a doer, os ferimentos, quando ameaçava chuva. E ao abrir a terceira gaveta do armário para ver o papel de seda azul-clarinho guardando os sapatos, sentia um leve estremecimento. Tentava – tentava mesmo? – não ceder. Mas quase sempre o impulso de calçá-los era mais forte. Porque afinal, dizia-se, como num conto de Sonia Coutinho, há tantas sextas-feiras, tantos luminosos de néon, tantos rapazes solitários e gostosos perdidos nesta cidade suja. Só pensou em jogá-los fora quando as varizes começaram a engrossar, escalando as coxas, e o médico então apalpou-a nas virilhas e depois avisou quê.

Sargento Garcia

À memória de Luiza Felpuda

1

Hermes. – O rebenque estalou contra a madeira gasta da mesa. Ele repetiu mais alto, quase gritando, quase com raiva: – Eu chamei Hermes. Quem é essa lorpa?

Avancei do fundo da sala.

– Sou eu.

– Sou eu, meu sargento. Repita.

Os outros olhavam, nus como eu. Só se ouvia o ruído das pás do ventilador girando enferrujadas no teto, mas eu sabia que riam baixinho, cutucando-se excitados. Atrás dele, a parede de reboco descascado, a janela pintada de azul-marinho aberta sobre um pátio cheio de cinamomos caiados de branco até a metade do tronco. Nenhum vento nas copas imóveis. E moscas amolecidas pelo calor, tão tontas que se chocavam no ar, entre o cheiro da bosta quente de cavalo e corpos sujos de machos. De repente, mais nu que os outros, eu: no centro da sala. O suor escorria pelos sovacos.

– Ficou surdo, idiota?

– Não. Não, seu sargento.

– *Meu* sargento.

– Meu sargento.

– Por que não respondeu quando eu chamei?

– Não ouvi. Desculpe, eu...

– Não ouvi, meu sargento. Repita.

– Não ouvi. Meu sargento.

Parecia divertido, o olho verde frio de cobra quase oculto sob as sobrancelhas unidas em ângulo agudo sobre o nariz. Começava a odiar aquele bigode grosso como um manduruvá cabeludo rastejando em volta da boca, cortina de veludo negro entreaberta sobre os lábios molhados.

– Tem cera nos ouvidos, pamonha?

Olhou em volta, pedindo aprovação, dando licença. Um alívio percorreu a sala. Os homens riam livremente agora. Podia ver, à minha direita, o alemão de costela quebrada, a ponta quase furando a barriga sacudida por um riso banguela. E o saco murcho do crioulo parrudo.

– Não, meu sargento.

– E no rabo?

Surpreso e suspenso, o coro de risos. As pás do ventilador voltaram a arranhar o silêncio, feito filme de mocinho, um segundo antes do tiro. Ele olhou os homens, um por um. O riso recomeçou, estridente. A ponta da costela vibrava no ar, *um acidente no roça com minha ermón*. Imóveis, as folhas bem de cima dos cinamomos. O saco murcho, como se não houvesse nada dentro, *sou faixa preta, morou*? Uma mosca esvoaçou perto do meu olho. Pisquei.

– Esquece. E não pisca, bocó. Só quando eu mandar.

Levantou-se e veio vindo na minha direção. A camiseta branca com grandes manchas de suor embaixo dos braços peludos, cruzados sobre o peito, a ponta do rebenque curto de montaria, ereto e tenso, batendo ritmado nos cabelos quase raspados, duros de brilhantina, colados ao crânio. Num salto, o rebenque enveredou em direção à minha cara, desviou-se a menos de um palmo, zunindo, para estalar com força nas botas. Estremeci. Era ridícula a sensação de minha bunda exposta, branca e provavelmente trêmula, na frente daquela meia dúzia de homens pelados. O manduruvá contraiu-se, lesma respingada de sal, a cortina afastou-se para um lado. Um brilho de ouro dançou sobre o canino esquerdo.

– Está com medo, moloide?
– Não, meu sargento. É quê.

O rebenque estalou outra vez na bota. Couro contra couro. Seco. A sala inteira pareceu estremecer comigo. Na parede, o retrato do marechal Castelo Branco oscilou. Os risos cessaram. Mas junto com o zumbido do sangue quente na minha cabeça, as pás ferrugentas do ventilador e o voo gordo das moscas, eu localizava também um ofegar seboso, nojento. Os outros esperavam. Eu esperava. Seria assim, um cristão na arena? pensei sem querer. O leão brincando com a vítima, patas vadias no ar, antes de desferir o golpe mortal.

– Quem fala aqui sou eu, correto?

– Correto, sargento. Meu sargento.

– Limite-se a dizer *sim, meu sargento* ou *não, meu sargento*. Correto?

– Sim, meu sargento.

Muito perto, cheiro de suor de gente e cavalo, bosta quente, alfafa, cigarro e brilhantina. Sem mover a cabeça, senti seus olhos de cobra percorrendo meu corpo inteiro vagarosamente. Leão entediado, general espartano, tão minucioso que podia descobrir a cicatriz de arame farpado escondida na minha coxa direita, os três pontos de uma pedrada entre os cabelos, e pequenas marcas, manchas, mesmo as que eu desconhecia, todas as verrugas e os sinais mais secretos da minha pele. Moveu o cigarro com os dentes. A brasa quente passou raspando junto à minha face. O mamilo do peito saliente roçou meu ombro. Voltei a estremecer.

– Mocinho delicado, hein? É daqueles bem-educados, é? Pois se te pego num cortado bravo, tu vai ver o que é bom pra tosse, perobão.

Os homens remexiam-se, inquietos. Romanos, queriam sangue. O rebenque, a bota, o estalo.

– Sen-tido!

Estiquei a coluna. O pescoço doía, retesado. As mãos pareciam feitas apenas de ossos crispados, sem carne, pele nem músculos. Pisou o cigarro com o salto da bota. Cuspiu de lado.

– Descan-sar!

Girou rápido sobre os calcanhares, voltando para a mesa. Cruzei as mãos nas costas, tentando inutilmente esconder a bunda nua. Além da copa dos cinamomos, o céu azul não tinha nenhuma nuvem. Mas lá embaixo, na banda do rio, o horizonte começava a ficar avermelhado. Com um tapa, alguém esmagou uma mosca.

– Silêncio, patetas!

Olhou para o meu peito. E baixou os olhos um pouco mais.

– Então tu é que é o tal de Hermes?

– Sim, meu sargento.
– Tem certeza?
– Sim, meu sargento.
– Mas de onde foi que tu tirou esse nome?
– Não sei, meu sargento.

Sorriu. Eu pressenti o ataque. E quase admirei sua capacidade de comandar as reações daquela manada bruta da qual, para ele, eu devia fazer parte. Presa suculenta, carne indefesa e fraca. Como um idiota, pensei em Deborah Kerr no meio dos leões em cinemascope, cor de luxe, túnica branca, rosas nas mãos, um quadro antigo na casa de minha avó, Cecília entre os leões, ou seria Jean Simmons? figura de catecismo, os-cristãos-eram-obrigados-a-negar-sua-fé-sob-pena-de-morte, o padre Lima fugiu com a filha do barbeiro, que deve ter virado mula sem cabeça, a filha, não o padre, nem o barbeiro. O silêncio crescendo. Um cavalo esmolambado cruzou o espaço vazio da janela, palco, tela, minha cabeça galopava, Steve Reeves ou Victor Macture, sozinho na arena, peitos suados, o mártir, estrangulando o leão, os cantos da boca, não era assim, as-comissuras-dos-lábios-voltadas-para-baixo-num-esforço-hercúleo, o trigo venceu a ferocidade do monstro de guampas. A mosca pousou bem na ponta do meu nariz.

– Por acaso tu é filho das macegas?

Minha cara incendiava. Ele apagou o cigarro dentro do pequeno capacete militar invertido, sustentado por três espingardas cruzadas. E me olhou de frente, pela primeira vez, firme, sobrancelhas agudas sobre o nariz, fundo, um falcão atento à presa, forte. A mosca levantou voo da ponta do meu nariz.

Não me fira, pensei com força, tenho dezessete anos, quase dezoito, gosto de desenhar, meu quarto tem um Anjo da Guarda com a moldura quebrada, a janela dá para um jasmineiro, no verão eu fico tonto, meu sargento, me dá assim como um nojo doce, a noite inteira, todas as noites, todo o verão, vezenquando saio nu na janela com uma coisa que não entendo direito acontecendo pelas minhas veias, depois abro *As mil e uma noites* e tento ler, meu sargento, *sois um bom dervixe, habituado a uma vida tranquila, distante dos cuidados do mundo*, na manhã seguinte minha mãe diz sempre que tenho olheiras, e bate na porta quando vou ao banheiro e repete repete que aquele disco da Nara Leão é muito chato, que eu devia parar de desenhar tanto, porque já tenho dezessete anos, quase dezoito, e nenhuma vergonha na cara, meu sargento, nenhum amigo, só esta tontura seca de estar começando a viver, um monte de coisas que eu não entendo, todas as manhãs, meu sargento, para todo o sempre, amém.

Feito cometas, faíscas cruzaram na frente dos meus olhos. Tive medo de cair. Mas as folhas mais altas dos cinamomos começaram a se mover. O sol quase caindo no Guaíba. E não sei se pelo olhar dele, se pelo nariz livre da mosca, se pela minha história, pela brisa vinda do rio ou puro cansaço, parei de odiá-lo naquele exato momento. Como quem muda uma estação de rádio. Esta, sentia impreciso, sem interferências.

– Pois, seu Hermes, então tu é o tal que tem pé chato, taquicardia e pressão baixa? O médico me disse. Arrimo de família, também?

– Sim, meu sargento – menti apressado, aquele médico amigo de meu pai. Uma suspeita cruzou minha cabeça, e se ele descobrisse? Mas tive certeza: ele já sabia. O tempo todo. Desde o começo. Movimentei os ombros, mais leves. Olhei fundo no fundo frio do olho dele.

– Trabalha?

– Sim, meu sargento – menti outra vez.

– Onde?

– Num escritório, meu sargento.

– Estuda?

– Sim, meu sargento.

– O quê?

– Pré-vestibular, meu sargento.

– E vai fazer o quê? Engenharia, direito, medicina?

– Não, meu sargento.

– Odontologia? Agronomia? Veterinária?

– Filosofia, meu sargento.

Uma corrente elétrica percorreu os outros. Esperei que atacasse novamente. Ou risse. Tornou a me examinar lento. Respeito, aquilo, ou pena? O olhar se deteve, abaixo do meu umbigo. Acendeu outro cigarro, Continental sem filtro, eu podia ver, com o isqueiro em forma de bala. Espiou pela janela. Devia ter visto o céu avermelhado sobre o rio, o laranja do céu, o quase roxo das nuvens amontoadas no horizonte das ilhas. Voltou os olhos para mim. Pupilas tão contraídas que o verde parecia vidro liso, fácil de quebrar.

– Pois, seu filósofo, o senhor está dispensado de servir à pátria. Seu certificado fica pronto daqui a três meses. Pode se vestir. – Olhou em volta, o alemão, o crioulo, os outros machos. – E vocês, seus analfabetos, deviam era criar vergonha nessa cara porca e se mirar no exemplo aí do moço. Como se não bastasse ser arrimo de família, um dia ainda vai sair filosofando por aí, enquanto vocês vão continuar pastando que nem gado até a morte.

Caminhei para a porta, tão vitorioso que meu passo era uma folha vadia, dançando na brisa da tardezinha. Abriram caminho para que eu passasse. Lerdos, vencidos. Antes de entrar na outra sala, ouvi o rebenque estalando contra a bota negra.

– Sen-tido! Estão pensando que isso aqui é o cu-da-mãe-joana?

2

Parado no portão de ferro, olhei direto para o sol. Meu truque antigo: o em-volta tão claro que virava seu oposto e se tornava escuro, enchendo-se de sombras e reflexos que se uniam aos poucos, organizando-se em forma de objetos ou apenas dançando soltos no espaço à minha frente, sem formar coisa alguma. Eram esses os que me interessavam, os que dançavam vadios no ar, sem fazer parte das nuvens, das árvores nem das casas. Eu não sabia para onde iriam, depois que meus olhos novamente acostumados à luz colocavam cada coisa em seu lugar, assim: casa – paredes, janelas e portas; árvores – tronco, galhos e folhas; nuvens – fiapos estirados ou embolados, vezenquando brancos, vezenquando coloridos. Cada coisa era cada coisa e inteira, na união de todas as suas infinitas partes. Mas e as sombras e os reflexos, esses que não se integravam em forma alguma, onde ficavam guardados? Para onde ia a parte das coisas que não cabia na própria coisa? Para o fundo do meu olho, esperando o ofuscamento para vir à tona outra vez? Ou entre as próprias coisas-coisas, no espaço vazio entre o fim de uma parte e o começo de outra pequena parte da coisa inteira? Como um por trás do real, feito espírito de sombra ou luz, claro-escuro escondido no mais de-dentro de um tronco de árvore ou no espaço entre um tijolo e outro ou no meio de dois fiapos de nuvem, onde? As cigarras chiavam no pátio de cinamomos caiados.

Respirei fundo, erguendo um pouco os ombros para engolir mais ar. Meu corpo inteiro nunca tinha me parecido tão novo. Comecei a descer o morro, o quartel ficando para trás. Bola de fogo suspensa, o sol caía no rio. Sacudi um pé de manacá, a chuva adocicada despencou na minha cabeça. Na primeira curva, o Chevrolet antigo parou a meu lado. Como um grande morcego cinza.

– Vai pra cidade?

Como se estivesse surpreso, espiei para dentro. Ele estava debruçado na janela, o sol iluminando o meio sorriso, fazendo brilhar o remendo dourado do canino esquerdo.

– Quer carona?

– Vou tomar o bonde logo ali na Azenha.

– Te deixo lá – disse. E abriu a porta do carro.

Entrei. O cigarro moveu-se de um lado para outro na boca, enquanto a mão engatava a primeira. Um vento entrando pela janela fazia meu cabelo voar. Ele segurou o cigarro, Continental sem filtro, eu tinha visto, entre o polegar e o indicador amarelados, cuspiu pela janela, depois me olhou.

– Ficou com medo de mim?

Não parecia mais um leão, nem general espartano. A voz macia, era um homem comum sentado na direção de seu carro. Tirei do bolso a caixinha de chicletes, abri devagar sem oferecer. Mastiguei. A camada de açúcar partiu-se, um sopro gelado abriu minha garganta. Engoli o vento para que ficasse ainda mais gelada.

– Não sei. – E quase acrescentei *meu sargento*. Sorri por dentro. – Bom, no começo fiquei um pouco. Depois vi que o senhor estava do meu lado.

— Senhor, não: Garcia, a bagualada toda me chama de Garcia. Luiz Garcia de Souza. Sargento Garcia. – Simulou uma continência, tornou a cuspir, tirando antes o cigarro da boca. – Quer dizer então que tu achou que eu estava do teu lado. – Eu quis dizer qualquer coisa, mas ele não deixou. O carro chegava no fim do morro. – É que logo vi que tu era diferente do resto. – Olhou para mim. Sem frio nem medo, me encolhi no banco. – Tenho que lidar com gente grossa o dia inteiro. Nem te conto. Aí quando aparece um moço mais fino, assim que nem tu, a gente logo vê. – Passou os dedos no bigode. – Então quer dizer que tu vai ser filósofo, é? Mas me conta, qual é a tua filosofia de vida?

— De vida? – Eu mordi o chiclete mais forte, mas o açúcar tinha ido embora. – Não sei, outro dia andei lendo um cara aí. Leibniz, aquele das mônadas, conhece?

— Das o quê?

— As mônadas. É um cara aí, ele dizia que tudo no universo são. Assim que nem janelas fechadas, como caixas. Mônadas, entende? Separadas umas das outras. – Ele franziu a testa, interessado. Ou sem entender nada. Continuei: – Incomunicáveis, entende? Umas coisas assim meio sem ter nada a ver umas com as outras.

– Tudo?

– É, tudo, eu acho. As casas, as pessoas, cada uma delas. Os animais, as plantas, tudo. Cada um, uma mônada. Fechada.

Pisou no freio. Estendi as mãos para a frente.

– Mas tu acredita mesmo nisso?

– Eu acho quê.

– Pois pra te falar a verdade, eu aqui não entendo desses troços. Passo o dia inteiro naquele quartel, com aquela bagualada mais grossa que dedo destroncado. E com eles a gente tem é que tratar assim mesmo, no braço, trazer ali no cabresto, de rédea curta, senão te montam pelo cangote e a vida vira um inferno. Não tenho tempo pra perder pensando nessas coisas aí de universo. Mas acho bacana. – A voz amaciou, depois tornou a endurecer. – Minha filosofia de vida é simples: pisa nos outros antes que te pisem. Não tem essas mônicas daí. Mas tu tem muita estrada pela frente, guri. Sabe que idade eu tenho? – Examinou meu rosto. Eu não disse nada. – Pois tenho trinta e três. Do teu tamanho andava por aí meio desnorteado, matando contrabandista na fronteira. O quartel é que me pôs nos eixos, senão tinha virado bandido. A vida me ensinou a ser um cara aberto, admito tudo.

Só não aguento comunista. Mas graças a Deus a revolução já deu um jeito nesse putedo todo. Aprendi a me virar, seu filósofo. A me defender no braço e no grito. – Jogou fora o cigarro. A voz macia outra vez. – Mas contigo é diferente.

Mastiguei o chiclete com mais força. Agora não passava de uma borracha sem gosto.

– Diferente como?

Ele olhava direto para mim. Embora o vento entrasse pela janela aberta, uma coisa morna tinha se instalado dentro do carro, naquele ar enfumaçado entre ele e eu. Podia haver pontes entre as mônadas, pensei. E mordi a ponta da língua.

– Assim, um moço fino, educado. Bonito. – Fez uma curva mais rápida. O pneu guinchou. – Escuta, tu tem mesmo que ir embora já?

– Agora já, já, não. Mas se eu chegar em casa muito tarde minha mãe fica uma fúria.

Mais duas quadras e chegaríamos no ponto do bonde, em frente ao cinema Castelo. Bem depressa, eu tinha que dizer ou fazer alguma coisa, só não sabia o que, meu coração galopava esquisito, as palmas das mãos molhadas. Olhei para ele. Continuava olhando para mim. As casas baixas da Azenha passavam amontoadas, meio caídas umas sobre as outras, uma parede rosa, uma janela azul, uma porta verde, um gato preto numa janela branca, uma mulher de lenço amarelo na cabeça, chamando alguém, a lomba do cemitério, uma menina pulando corda, os ciprestes ficando para trás. Estendeu a mão. Achei que ia fazer uma mudança, mas os dedos desviaram-se da alavanca para pousar sobre a minha coxa.

– Escuta, tu não tá a fim de dar uma chegada comigo num lugar aí?

– Que lugar? – Temi que a voz desafinasse. Mas saiu firme.

Aranha lenta, a mão subiu mais, deslizou pela parte interna da coxa. E apertou, quente.

– Um lugar aí. Coisa fina. A gente pode ficar mais à vontade, sabe como é. Ninguém incomoda. Quer?

Tínhamos ultrapassado o ponto do bonde. Bem no fundo, lá onde o riacho encontrava com o Guaíba, só a parte superior do sol estava fora d'água. Devia estar amanhecendo no Japão – antípodas, mônadas –, nessas horas eu sempre pensava assim. Me vinha a sensação de que o mundo era enorme, cheio de coisas desconhecidas. Boas nem más. Coisas soltas feito aqueles reflexos e sombras metidos no meio de outras coisas, como se nem existissem, esperando só a hora da gente ficar ofuscado para sair flutuando no meio do que se podia tocar. Assim: dentro do que se podia tocar, escondido, vivia também o que só era visível quando o olho ficava tão inundado de luz que enxergava esse invisível no meio do tocável. Eu não sabia.

– Me dá um cigarro – pedi. Ele acendeu. Tossi. Meu pai com o cinturão dobrado, agora tu vai me fumar todo esse maço, desgraçado, parece filho de bagaceira. A mão quente subiu mais, afastou a camisa, um dedo entrou no meu umbigo, apertou, juntou-se aos outros, aranha peluda, tornou a baixar, caminhando entre as minhas pernas.

– Claro que quer. Estou vendo que tu não quer outra coisa, guri.

Pegou na minha mão. Conduziu-a até o meio das pernas dele. Meus dedos se abriram um pouco. Duro, tenso, rijo. Quase estourando a calça verde. Moveu-se, quando toquei, e inchou mais. Cavidades-porosas-que-se-enchem-de-sangue-quando-excitadas. Meu primo gritou na minha cara: maricão, mariquinha, quiáquiáquiá. O vento descabelava o verde da Redenção, os coqueiros da João Pessoa. Mariquinha, maricão, quiáquiáquiá. E não, eu não sabia.

– Nunca fiz isso.

Ele parecia contente.

– Mas não me diga. Nunca? Nem quando era piá? Uma sacanagenzinha ali, na beira da sanga? Nem com mulher? Com china de zona? Não acredito. Nem nunca barranqueou égua? Tamanho homem.

– É verdade.

Diminuiu a marcha. Curvou-se sobre mim.

– Pois eu te ensino. Quer?

Traguei fundo. Uma tontura me subiu pela cabeça. De dentro das casas, das árvores e das nuvens, as sombras e os reflexos guardados espiavam, esperando que eu olhasse outra vez direto para o sol. Mas ele já tinha caído no rio. Durante a noite os pontos de luz dormiam quietos, escondidos, guardados no meio das coisas. Ninguém sabia. Nem eu.

– Quero – eu disse.

3

Vontade de parar, eu tinha, mas o andar era inconsolável, a cabeça em várias direções, subindo a ladeira atrás dele, tu sabe como é, tem sempre gente espiando a vida alheia, melhor eu ir na frente, fica no portão azul, vem vindo devagar, como se tu não me conhecesse, como se nunca tivesse me visto em toda a tua vida. Como se nunca o tivesse visto em toda a minha vida, seguia aquela mancha verde, mãos nos bolsos, cigarro aceso, de repente sumindo portão adentro com um rápido olhar para trás, gancho que me fisgava. Mergulhei na sombra atrás dele. Subi os degraus de cimento, empurrei a porta entreaberta, madeira velha, vidro rachado, penetrei na sala escura com cheiro de mofo e cigarro velho, flores murchas boiando em água viscosa.

– O de sempre, então? – ela perguntava, e quase imediatamente corrigi, dentro da minha própria cabeça, olhando melhor e mais atento, ele, dentro de um robe colorido desses meio estofadinhos, cheio de manchas vermelhas de tomate, batom, esmalte ou sangue. – O senhor, hein, sargento? – piscou íntimo, íntima, para o sargento e para mim. – Esta é a sua vítima?

– Conhece a Isadora?

A mão molhada, cheia de anéis, as longas unhas vermelhas, meio descascadas, como a porta. Apertei. Ela riu.

– Isadora, queridinho. Nunca ouviu falar? Isadora Duncan, a bailarina. Uma mulher finíssima, má-ravilhosa, a minha ídola, eu adoro tanto que adotei o nome. Já pensou se eu usasse o Valdemir que minha mãezinha me deu? Coitadinha, tão bem-intencionada. Mas o nome, ai, o nome. Coisa mais cafona. Aí mudei. Se Deus quiser, um dia ainda vou morrer estrangulada pela minha própria echarpe. Tem coisa mais chique?

– Bacana – eu disse.

O sargento ria, esfregando as mãos.

– Não repare, Isadora. Ele está meio encabulado. Dizque é a primeira vez.

– Nossa. Taludinho assim. E nunca fez, é, meu bem? Nunquinha, jura pra tia? – A mão no meu ombro, pedra de anel arranhando leve meu pescoço. Revirou os olhos. – Conta a verdade pra tua Isadora, toda a verdade, nada mais que a verdade. Tu nunca fez, guri? – Tentei sorrir. O canto da minha boca tremeu. Ele falava sem parar, olhinhos meio estrábicos, sombreados de azul. – Mas olha, relaxa que vai dar tudo certinho. Sempre tem uma primeira vez na vida, é um momento histórico, queridinho. Merece até uma comemoração. Uma cachacinha, sargento? Tem aí daquela divina que o senhor gosta.

– O moço tá com pressa.

Isadora piscou maliciosa, os cílios duros de tinta respingando pequenos pontinhos pretos nas faces.

– Pressa, eu, hein? Sei. Não é todo dia que a gente tem carne fresquinha na mesa. De primeira, não é, sargento? – Ele riu. Ela rodou a chave nas mãos e, por um instante, pensei numa baliza na frente de um desfile de Sete de Setembro, jogando para o alto o bastão cheio de fitas coloridas. Tá bem, tá bem. Vou levar os pombinhos para a suíte nupcial. Que tal o quarto 7? Número da sorte, não? Afinal, a primeira vez é uma só na vida. – Passou por mim, enfiando-se no corredor escuro. – Tenho certeza que o mocinho vai a-do-rar, ficar freguês de caderno. Ninguém esquece uma mulher como Isadora.

O sargento me empurrou. Entre a farda verde e o robe cheio de manchas, o cheiro de suor e perfume adocicado, imprensado no corredor estreito, eu. Isadora cantava *que queres tu de mim que fazes junto a mim se tudo está perdido amor?* Um ruído seco, ferro contra ferro. A cama com lençóis encardidos, um rolo de papel higiênico cor-de-rosa sobre o caixote que servia de mesinha de cabeceira. Isadora enfiou a cabeça despenteada pelo vão da porta.

– Divirtam-se, crianças. Só não gritem muito, senão os vizinhos ficam umas feras.

A cabeça desapareceu. A porta fechou. Sentei na cama, as mãos nos bolsos. Ele foi chegando muito perto. O volume esticando a calça, bem perto do meu rosto. O cheiro: cigarro, suor, bosta de cavalo. Ele enfiou a mão pela gola da minha camisa, deslizou os dedos, beliscou o mamilo. Estremeci. Gozo, nojo ou medo, não saberia. Os olhos dele se contraíram.

– Tira a roupa.

Joguei as peças, uma por uma, sobre o assoalho sujo. Deitei de costas. Fechei os olhos. Ardiam, como se tivesse acordado de manhã muito cedo. Então um corpo pesado caiu sobre o meu e uma boca molhada, uma boca funda feito poço, uma língua ágil lambeu meu pescoço, entrou no ouvido, enfiou-se pela minha boca, um choque seco de dentes, ferro contra ferro, enquanto dedos hábeis desciam por minhas virilhas inventando um caminho novo. *Então que culpa tenho eu se até o pranto que chorei se foi por ti não sei* – a voz de Isadora vinha de longe, como se saísse de dentro de um aquário, Isadora afogada, a maquiagem derretida colorindo a água, a voz aguda misturada aos gemidos, metendo-se entre aquele bafo morno, cigarro, suor, bosta de cavalo, que agora comandava meus movimentos, virando-me de bruços sobre a cama.

O cheiro azedo dos lençóis, senti, quantos corpos teriam passado por ali, e de quem, pensei.

Tranquei a respiração. Os olhos abertos, a trama grossa do tecido. Com os joelhos, lento, firme, ele abria caminho entre as minhas coxas, procurando passagem. Punhal em brasa, farpa, lança afiada. Quis gritar, mas as duas mãos se fecharam sobre a minha boca. Ele empurrou, gemendo. Sem querer, imaginei uma lanterna rasgando a escuridão de uma caverna escondida, há muitos anos, uma caverna secreta. Mordeu minha nuca. Com um movimento brusco do corpo, procurei jogá-lo para fora de mim.

– Seu puto – ele gemeu. – Veadinho sujo. Bichinha-louca.

Agarrei o travesseiro com as duas mãos, e num arranco consegui deitar novamente de costas. Minha cara roçou contra a barba dele. Tornei a ouvir a voz de Isadora *que mais me podes dar que mais me tens a dar a marca de uma nova dor*. Molhada, nervosa, a língua voltou a entrar no meu ouvido. As mãos agarraram minha cintura. Comprimiu o corpo inteiro contra o meu. Eu podia sentir os pelos molhados do peito dele melando a minha pele. Quis empurrá-lo outra vez, mas entre o pensamento e o gesto ele juntou-se ainda mais a mim, e depois um gemido mais fundo, e depois um estremecimento no corpo inteiro, e depois um líquido grosso morno viscoso espalhou-se pela minha barriga. Ele soltou o corpo. Como um saco de areia úmida jogado sobre mim.

A madeira amarela do teto, eu vi. O fio comprido, o bico de luz na ponta. Suspenso, apagado. Aquele cheiro adocicado boiando na penumbra cinza do quarto.

Quando ele estendeu a mão para o rolo de papel higiênico, consegui deslizar o corpo pela beirada da cama, e de repente estava no meio do quarto enfiando a roupa, abrindo a porta, olhando para trás ainda a tempo de vê-lo passar um pedaço de papel sobre a própria barriga, uma farda verde em cima da cadeira, ao lado das botas negras brilhantes, e antes que erguesse os olhos afundei no túnel escuro do corredor, a sala deserta com suas flores podres, a voz de Isadora ainda mais remota, *se até o pranto que chorei se foi por ti não sei*, barulho de copos na cozinha, o vidro rachado, a madeira descascada da porta, os quatro degraus de cimento, o portão azul, alguém gritando alguma coisa, mas longe, tão longe como se eu estivesse na janela de um trem em movimento, tentando apanhar um farrapo de voz na plataforma da estação cada vez mais recuada, sem conseguir juntar os sons em palavras, como uma língua estrangeira, como uma língua molhada nervosa entrando rápida pelo mais secreto de mim para acordar alguma coisa que não devia acordar nunca, que não devia abrir os olhos nem sentir cheiros nem gostos nem tatos, uma coisa que deveria permanecer para sempre surda cega muda naquele mais de dentro de mim, como os reflexos escondidos, que nenhum ofuscamento se fizesse outra vez, porque devia ficar enjaulada amordaçada ali no fundo pantanoso de mim, feito bicho numa jaula fedida, entre grades e ferrugens quieta domada fera esquecida da própria ferocidade, para sempre e sempre assim.

Embora eu soubesse que, uma vez desperta, não voltaria a dormir.

Dobrei a esquina, passei na frente do colégio, sentei na praça onde as luzes recém começavam a acender. A bunda nua da estátua de pedra. Zeus, Zeus ou Júpiter, repeti. Enumerei: Palas-Atena ou Minerva, Posêidon ou Netuno, Hades ou Plutão, Afrodite ou Vênus, Hermes ou Mercúrio. Hermes, repeti, o mensageiro dos deuses, ladrão e andrógino. Nada doía. Eu não sentia nada. Tocando o pulso com os dedos podia perceber as batidas do coração. O ar entrava e saía, lavando os pulmões. Por cima das árvores do parque ainda era possível ver algumas nuvens avermelhadas, o rosa virando roxo, depois cinza, até o azul mais escuro e o negro da noite. Vai chover amanhã, pensei, vai cair tanta e tanta chuva que será como se a cidade toda tomasse banho. As sarjetas, os bueiros, os esgotos levariam para o rio todo o pó, toda a lama, toda a merda de todas as ruas.

Queria dançar sobre os canteiros, cheio de uma alegria tão maldita que os passantes jamais compreenderiam. Mas não sentia nada. Era assim, então. E ninguém me conhecia.

Subi correndo no primeiro bonde, sem esperar que parasse, sem saber para onde ia. Meu caminho, pensei confuso, meu caminho não cabe nos trilhos de um bonde. Pedi passagem, sentei, estiquei as pernas. Porque ninguém esquece uma mulher como Isadora, repeti sem entender, debruçado na janela aberta, olhando as casas e os verdes do Bonfim. Eu não o conhecia. Eu nunca o tinha visto em toda a minha vida. Uma vez desperta não voltará a dormir.

O bonde guinchou na curva. Amanhã, decidi, amanhã sem falta começo a fumar.

Uma história de borboletas

> *Porque quando se é branco como o fênix branco e os outros são pretos, os inimigos não faltam.*
>
> Antonin Artaud, citado por Anaïs Nin, em *"Je suis le plus malade des surréalistes"*.

André enlouqueceu ontem à tarde. Devo dizer que também acho um pouco arrogante de minha parte dizer isso assim – *enlouqueceu* –, como se estivesse perfeitamente seguro não só da minha própria sanidade mas também da minha capacidade de julgar a sanidade alheia. Como dizer, então? Talvez: *André começou a comportar-se de maneira estranha*, por exemplo? ou: *André estava um tanto desorganizado*; ou ainda: *André parecia muito necessitado de repouso*. Seja como for, depois de algum tempo, e aos poucos, tão lentamente que apenas ontem à tarde resolvi tomar essa providência, André – desculpem a minha audácia ou arrogância ou empáfia ou como queiram chamá-la, enfim: André enlouqueceu completamente.

Pensei em levá-lo para uma clínica, lembrava vagamente de ter visto no cinema ou na televisão um lugar cheio de verde e pessoas muito calmas, distantes e um pouco pálidas, com o olhar fora do mundo, lendo ou recortando figurinhas, cercadas por enfermeiras simpáticas, prestativas. Achei que André seria feliz lá. E devo dizer ainda que gostaria de vê-lo feliz, apesar de tudo o que me fez sofrer nos últimos tempos. Mas bastou uma olhada no talão de cheques para concluir que não seria possível.

Então optei pelo hospício. Sei, parece um pouco duro dizer isso assim, desta maneira tão seca: então-optei-pelo-hospício. As palavras são muito traiçoeiras. Para dizer a verdade, não optei propriamente. Apenas: 1º) eu tinha pouquíssimo dinheiro e André menos ainda, isto é, nada, pois deixara de trabalhar desde que as borboletas começaram a nascer entre seus cabelos; 2º) uma clínica custa dinheiro e um hospício é de graça. Além disso, esses lugares como aquele que vi no cinema ou na televisão ficam muito retirados – na Suíça, acho –, e eu não poderia visitá-lo com tanta frequência como gostaria. O hospício fica aqui perto. Então, depois desses esclarecimentos, repito: optei pelo hospício.

André não opôs resistência nenhuma. Às vezes chego a pensar que ele sempre soube que, de uma forma ou outra, fatalmente acabaria assim. Portanto, coloquei-o num táxi, depois desembarcamos, atravessamos o pátio e, na portaria, o médico de plantão nem sequer fez muitas perguntas. Apenas nome, endereço, idade, se já tinha estado lá antes, essas coisas – ele não dizia nada e eu precisei ir respondendo, como se o louco fosse eu e não ele. Ah: nem por um minuto o médico duvidou da minha palavra. Pensei até que, se André não estivesse realmente louco e eu dissesse que sim, bastaria isso para que ficasse por lá durante muito tempo. Mas a cara dele não enganava ninguém – sem se mover, sem dizer nada, aqueles olhos parados, o cabelo todo em desordem.

Quando dois enfermeiros iam levá-lo para dentro eu quis dizer mais alguma coisa, mas não consegui. Ele ficou ali na minha frente, me olhando. Não me olhando propriamente, havia muito tempo não olhava mais para nada – seus olhos pareciam voltados para dentro, ou então era como se traspassassem as pessoas ou os objetos para ver, lá no fundo deles, uma coisa que nem eles próprios sabiam de si mesmos. Eu me sentia mal com esse olhar, porque era um olhar muito... muito *sábio*, para ser franco. Completamente insano, mas extremamente sábio. E não é nada agradável ter em cima de você, o tempo todo, na sua própria casa, um olhar desses, assim trans-in-lúcido. Mas de repente seus olhos pareceram piscar, mas não devem ter piscado – devo esclarecer que, para mim, piscar é uma espécie de vírgula que os olhos fazem quando querem mudar de assunto. Sem piscar, então, os olhos dele piscaram por um momento e voltaram daquele mundo para onde André se havia mudado sem deixar endereço. E me olharam os olhos dele. Não para uma coisa minha que nem eu mesmo via, nem através de mim, mas para mim mesmo *fisicamente*, quero dizer: para este par de órgãos gelatinosos situados entre a testa e o nariz – meus olhos, para ser mais objetivo.

André olhou bem nos meus olhos, como havia muito não fazia, e fiquei surpreso e tive vontade de dizer ao médico de plantão que era tudo um engano, que André estava muito bem, pois se até me olhava nos olhos como se me visse, pois se recuperara aquela expressão atenta e quase amiga do André que eu conhecia e que morava comigo, como se me compreendesse e tivesse qualquer coisa assim como uma vontade de que tudo desse certo para mim, sem nenhuma mágoa de que eu o tivesse levado para lá. Como se me perdoasse, porque a culpa não era minha, que estava lúcido, nem tampouco dele, que enlouquecera. Quis levá-lo de volta comigo para casa, despi-lo e lambê-lo como fazia antigamente, mas havia aquele monte de papéis assinados e cheios de *x* nos quadradinhos onde estava escrito *solteiro, masculino, branco*, coisas assim, os enfermeiros esperando ali do lado, já meio impacientes – tudo isso me passou pela cabeça enquanto o olhar de André pousava sobre mim e sua voz dizia:

– Só se pode encher um vaso até a borda. Nem uma gota a mais.*

Então vim embora. Os enfermeiros seguraram seus braços e o levaram para dentro. Havia alguns outros loucos espiando pela janela. Eram feios, sujos, alguns desdentados, as roupas listradinhas, encardidas, fedendo – e eu tive medo de um dia voltar para encontrar André assim como eles: feio, sujo, desdentado, a roupa listradinha, encardida e fedendo. Pensei que o médico ia colocar a mão no meu ombro para depois dizer *coragem, meu velho*, como tenho visto no cinema. Mas ele não fez nada disso. Baixou a cabeça sobre o monte de papéis como se eu já não estivesse ali, dei meia-volta sem dizer nada do que eu queria dizer – que cuidassem bem dele, que não o deixassem subir no telhado, recortar

---

* Tao Te-King: Lao-Tse.

figurinhas de papel o dia inteiro ou retirar borboletas do meio dos cabelos como costumava fazer. Atravessei devagar o pátio cheio de loucos tristes, hesitei no portão de ferro, depois resolvi voltar a pé para casa.

Era de tardezinha, estava horrível na rua, com todos aqueles automóveis, aquelas pessoas desvairadas, as calçadas cheias de merda e lixo, eu me sentia mal e muito culpado. Quis conversar com alguém, mas me afastara tanto de todos depois que André enlouquecera, e aquele olhar dele estava me rasgando por dentro, eu tinha a impressão de que o meu próprio olhar tinha se tornado como o dele, e de repente já não era apenas uma impressão. Quando percebi, estava olhando para as pessoas como se soubesse alguma coisa delas que nem elas mesmas sabiam. Ou então como se as transpassasse. Eram bichos brancos e sujos. Quando as transpassava, via o que tinha sido antes delas – e o que tinha sido antes delas era uma coisa sem cor nem forma, eu podia deixar meus olhos descansarem lá porque eles não precisavam preocupar-se em dar nome ou cor ou jeito a nenhuma coisa – era um branco liso e calmo. Mas esse branco liso e calmo me assustava e, quando tentava voltar atrás, começava a ver nas pessoas o que elas não sabiam de si mesmas, e isso era ainda mais terrível. O que elas não sabiam de si era tão assustador que me sentia como se tivesse violado uma sepultura fechada havia vários séculos. A maldição cairia sobre mim: ninguém me perdoaria jamais se soubesse que eu ousara.

Mas alguma coisa em mim era mais forte que eu, e não conseguia evitar de ver e sentir atrás e além dos sujos bichos brancos, então soube que todos eles na rua e na cidade e no país e no mundo inteiro sabiam que eu estava vendo exatamente daquela maneira, e de repente também já não era mais possível fingir nem fugir nem pedir perdão ou tentar voltar ao olhar anterior – e tive certeza de que eles queriam vingança, e no momento em que tive certeza disso, comecei a caminhar mais depressa para escapar, e Deus, Deus estava do meu lado: na esquina havia um ponto de táxi, subi num, mandei tocar em frente, me joguei contra o banco, fechei os olhos, respirei fundo, enxuguei na camisa as palmas visguentas das mãos. Depois abri os olhos para observar o motorista (prudentemente, é claro). Ele me vigiava pelo espelho retrovisor. Quando percebeu que eu percebia, desviou os olhos e ligou o rádio. No rádio, uma voz disse assim: *Senhoras e senhores, são seis horas da tarde. Apertem os cintos de segurança e preparem suas mentes para a decolagem. Partiremos em breve para uma longa viagem sem volta. Atenção, vamos começar a contagem regressiva: dez-nove-oito-sete-seis-cinco...* Antes que dissesse quatro, soube que o motorista era um deles. Mandei-o parar, paguei e desci. Não sei como, mas estava justamente em frente à minha casa. Entrei, acendi a luz da sala, sentei no sofá.

A casa quieta sem André. Mesmo com ele ali dentro, nos últimos tempos a casa era sempre quieta: permanecia em seu quarto, recortando figurinhas de papel ou encostado na parede, os olhos olhando daquele jeito, ou então em frente ao espelho, procurando as borboletas que nasciam entre seus cabelos. Primeiro remexia neles, afastava as mechas, depois localizava a borboleta, exatamente como um piolho. Num gesto delicado, apanhava-a pelas asas, entre o polegar e o indicador, e jogava-a pela janela. *Essa era das azuis* – costumava dizer, ou *essa era das amarelas* ou qualquer outra cor. Em seguida saía para o telhado e ficava repetindo uma porção de coisas que eu não entendia. De vez em quando aparecia uma borboleta negra. Então tinha violentas crises, assustava-se, chorava, quebrava coisas, acusava-me. Foi na última borboleta negra que resolvi levá-lo para o tal lugar verde e, mais tarde, para o hospício mesmo. Ele quebrou todos os móveis do quarto, depois tentou morder-me, dizendo que a culpa era minha, que era eu quem colocava as borboletas negras entre seus cabelos, enquanto dormia. Não era verdade. Enquanto dormia, eu às vezes me aproximava para observá-lo. Gostava de vê-lo assim, esquecido, os pelos claros do peito subindo e descendo sobre o coração. Era quase como o André que eu conhecera antes, aquele que mordia meu pescoço com fúria nas noites suadas de antigamente. Uma vez cheguei a passar os dedos nos seus cabelos. Ele despertou bruscamente e me olhou horrorizado, segurou meu pulso com força e disse que agora eu não poderia mais fingir que não era eu, que tinha me surpreendido no momento exato da traição. Era assim, havia muito tempo, eu estava fatigado e não compreendia mais.

Mas agora a casa estava sem André. Fui até o banheiro atulhado de roupas sujas, a torneira pingando, a cozinha com a pia transbordando pratos e panelas de muitas semanas, a janela de cortinas empoeiradas e o cheiro adocicado do lixo pelos cantos, depois resolvi tomar coragem e ir até o quarto dele. André não estava lá, claro.

Apenas as revistas espalhadas pelo chão, a tesoura, as figurinhas entre os cacos dos móveis quebrados. Apanhei a tesoura e comecei a recortar algumas figurinhas. Inventava histórias enquanto recortava, dava-lhes profissões, passados, presentes, futuros era mais difícil, mas dava-lhes também dores e alguns sonhos. Foi então que senti qualquer coisa como uma comichão entre os cabelos, como se algo brotasse de dentro do meu cérebro e furasse as paredes do crânio para misturar-se com os cabelos. Aproximei-me do espelho, procurei. Era uma borboleta. Das azuis, verifiquei com alegria. Segurei-a entre o polegar e o indicador e soltei-a pela janela. Esvoaçou por alguns segundos, numa hesitação perfeitamente natural, já que nunca antes em sua vida estivera sobre um telhado. Quando percebi isso, subi na janela e alcancei as telhas para aconselhá-la:

— É assim mesmo — eu disse. — O mundo fora de minha cabeça tem janelas, telhados, nuvens, e aqueles bichos brancos lá embaixo. Sobre eles, não te detenhas demasiado, pois correrás o risco de transpassá-los com o olhar ou ver neles o que eles próprios não veem, e isso seria tão perigoso para ti quanto para mim violar sepulcros seculares, mas, sendo uma borboleta, não será muito difícil evitá-lo: bastará esvoaçar sobre as cabeças, nunca pousar nelas, pois pousando correrás o risco de ser novamente envolvida pelos cabelos e reabsorvida pelos cérebros pantanosos e, se isso for inevitável, por descuido ou aventura, não deverás te torturar demasiado, de nada adiantaria, procura acalmar-te e deslizar para dentro dos tais cérebros o mais suavemente possível, para não seres triturada pelas arestas dos pensamentos, e tudo é natural, basta não teres medos excessivos – trata-se apenas de preservar o azul das tuas asas.

Pareceu tranquilizada com meus conselhos, tomou impulso e partiu em direção ao crepúsculo. Quando me preparava para dar a volta e entrar novamente no quarto, percebi que os vizinhos me observavam. Não dei importância a isso, voltei às figurinhas. E novamente começou a acontecer a mesma coisa: algo como um borbulhar, o espelho, a borboleta (essa era das roxas), depois a janela, o telhado, os conselhos. E os vizinhos e as figurinhas outra vez. Assim durante muito tempo.

Já não era mais de tardezinha quando apareceu a primeira borboleta negra. No mesmo momento em que meu indicador e polegar tocaram suas asinhas viscosas, meu estômago contraiu-se violentamente, gritei e quebrei o objeto mais próximo. Não sei exatamente o que, sei apenas do ruído de cacos que fez, o que me deixa supor que se tratasse de um vaso de louça ou algo assim (creio que foi nesse momento que lembrei daquele som das noites de antes: as franjas do xale na parede caindo sobre as cordas do violão de André quando rolávamos da cama para o chão). Pretendia quebrar mais coisas, gritar ainda mais alto, chorar também, se conseguisse, porque tinha nojo e nunca mais – quando ouvi um rumor de passos no corredor e diversas pessoas invadiram o quarto. Acho que meu primeiro olhar para elas foi aquele que tive antigamente, cheguei a reconhecer alguns dos vizinhos que nos observavam sempre, o homem do bar da esquina, o jardineiro da casa em frente, o motorista do táxi, o síndico do edifício ao lado, a puta do chalé branco. Mas em seguida tudo se alargou e não consegui evitar de vê-las daqueles outros jeitos, embora não quisesse, e meu jeito de evitar isso era fechar os olhos, mas quando fechava os olhos ficava olhando para dentro de meu próprio cérebro – e só encontrava nele uma infinidade de borboletas negras agitando nervosamente as asinhas pegajosas, atropelando-se para brotar logo entre os cabelos. Lutei por algum tempo. Tinha alguma esperança, embora fossem muitas mãos a segurar-me.

Ao amanhecer do dia de hoje fui dominado. Chamaram um táxi e trouxeram-me para cá. Antes de entrar no táxi tentei sugerir, quem sabe aquele lugar de muito verde, pessoas amáveis e prestativas, todas distantes, um tanto pálidas, alguns lendo livros, outros cortando figurinhas. Mas eu sabia que eles não admitiriam: quem havia visto o que eu vira não merecia perdão. Além disso, eu tinha desaprendido completamente a sua linguagem, a linguagem que também tive antes, e, embora com algum esforço conseguisse talvez recuperá-la, não valia a pena, era tão mentirosa, tão cheia de equívocos, cada palavra querendo dizer várias coisas em várias outras dimensões. Eu agora já não conseguia permanecer apenas numa dimensão, como eles, cada palavra se alargava e invadia tantos e tantos reinos que, para não me perder, preferia ficar calado, atento apenas ao borbulhar de borboletas dentro do meu cérebro. Quando foram embora, depois de preencherem uma porção de papéis, olhei para um deles daquele mesmo jeito que André me olhara. E disse-lhe:

– Só se pode encher um vaso até a borda. Nem uma gota a mais.

Ele pareceu entender. Vi como se perturbava e tentava dizer, sem conseguir, alguma coisa para o médico de plantão, observei que baixava os olhos sobre o monte de papéis e a maneira indecisa como atravessava o pátio para depois deter-se em frente ao portão de ferro, olhando para os lados, e então se foi, a pé. Em seguida os homens trouxeram-me para dentro e enfiaram uma agulha no meu braço. Tentei reagir, mas eram muito fortes. Um deles ficou de joelhos no meu peito enquanto o outro enfiava a agulha na veia. Afundei num fundo poço acolchoado de branco.

Quando acordei, André me olhava dum jeito totalmente novo. Quase como o jeito antigo, mas muito mais intenso e calmo. Como se agora partilhássemos o mesmo reino. André sorriu. Depois estendeu a mão direita em direção aos meus cabelos, uniu o polegar ao indicador e, gentilmente, apanhou uma borboleta. Era das verdes. Depois baixou a cabeça, eu estendi os dedos para seus cabelos e apanhei outra borboleta. Era das amarelas. Como não havia telhados próximos, esvoaçavam pelo pátio enquanto falávamos juntos aquelas mesmas coisas – eu para as borboletas dele, ele para as minhas. Ficamos assim por muito tempo até que, sem querer, apanhei uma das negras e começamos a brigar. Mordi-o muitas vezes, tirando sangue da carne, enquanto ele cravava as unhas no meu rosto. Então vieram os homens, quatro desta vez. Dois deles puseram os joelhos sobre os nossos peitos, enquanto os outros dois enfiavam agulhas em nossas veias. Antes de cairmos outra vez no poço acolchoado de branco, ainda conseguimos sorrir um para o outro, estender os dedos para nossos cabelos e, com os indicadores e polegares unidos, ao mesmo tempo, com muito cuidado, apanhar cada um uma borboleta. Essa era tão vermelha que parecia sangrar.

Além do ponto

Para Lívio Amaral

Chovia, chovia, chovia e eu ia indo por dentro da chuva ao encontro dele, sem guarda-chuva nem nada, eu sempre perdia todos pelos bares, só levava uma garrafa de conhaque barato apertada contra o peito, parece falso dito desse jeito, mas bem assim eu ia pelo meio da chuva, uma garrafa de conhaque na mão e um maço de cigarros molhados no bolso. Teve uma hora que eu podia ter tomado um táxi, mas não era muito longe, e se eu tomasse o táxi não poderia comprar cigarros nem conhaque, e eu pensei com força então que seria melhor chegar molhado da chuva, porque aí beberíamos o conhaque, fazia frio, nem tanto frio, mais umidade entrando pelo pano das roupas, pela sola fina esburacada dos sapatos, e fumaríamos beberíamos sem medidas, haveria música, sempre aquelas vozes roucas, aquele sax gemido e o olho dele posto em cima de mim, ducha morna distendendo meus músculos. Mas chovia ainda, meus olhos ardiam de frio, o nariz começava a escorrer, eu limpava com as costas das mãos e o líquido do nariz endurecia logo sobre os pelos, eu enfiava as mãos avermelhadas no fundo dos bolsos e ia indo, eu ia indo e pulando as poças d'água com as pernas geladas. Tão geladas as pernas e os braços e a cara que pensei em abrir a garrafa para beber um gole, mas não queria chegar na casa dele meio bêbado, hálito fedendo, não queria que ele pensasse que eu andava bebendo, e eu andava, todo dia um bom pretexto, e fui pensando também que ele ia pensar que eu andava sem dinheiro, chegando a pé naquela chuva toda; e eu andava, estômago dolorido de fome, e eu não queria que ele pensasse que eu andava insone, e eu andava, roxas olheiras, teria que ter cuidado com o lábio inferior ao sorrir, se sorrisse, e quase certamente sim, quando o encontrasse, para que não visse o dente quebrado e pensasse que eu andava relaxando, sem ir ao dentista, e eu andava, e tudo que eu andava fazendo e sendo eu não queria que ele visse nem soubesse, mas depois de pensar isso me deu um desgosto porque fui percebendo, por dentro da chuva, que talvez eu não quisesse que ele soubesse que eu era eu, e eu era. Começou a acontecer uma coisa confusa na minha cabeça, essa história de não querer que ele soubesse que eu era eu, encharcado naquela chuva toda que caía, caía, caía e tive vontade de voltar para algum lugar seco e quente, se houvesse, e não lembrava de nenhum, ou parar para sempre ali mesmo naquela esquina cinzenta que eu tentava atravessar sem conseguir, os carros me jogando água e lama ao passar, mas eu não podia, ou podia mas não devia, ou podia mas não queria ou não sabia mais como se parava ou voltava atrás, eu tinha que continuar indo ao encontro dele, que me abriria a porta, o sax gemido ao fundo e quem sabe uma lareira, pinhões, vinho quente com cravo e canela, essas coisas do inverno, e mais ainda, eu precisava deter a vontade de voltar atrás ou ficar parado, pois tem um ponto, eu descobria, em que você perde o comando das próprias pernas, não é bem assim, descoberta tortuosa que o frio e a chuva não me deixavam mastigar direito, eu apenas começava a saber que tem um ponto, e eu dividido querendo ver o depois do ponto e também aquele agradável dele me esperando quente e pronto. Um carro passou mais perto e me molhou inteiro, sairia um rio das minhas roupas se conseguisse torcê-las, então decidi na minha cabeça que depois de abrir a porta ele diria qualquer coisa tipo mas como você está molhado, sem nenhum espanto, porque ele me esperava, ele me chamava, eu só ia indo porque ele me chamava, eu me atrevia, eu ia além daquele ponto de estar parado, agora pelo caminho de árvores sem folhas e a rua interrompida que eu revia daquele jeito estranho de já ter estado lá sem nunca ter, hesitava mas ia indo, no meio da cidade como um invisível fio saindo da cabeça dele até a minha, quem me via assim molhado não via nosso segredo, via apenas um sujeito molhado sem capa nem guarda-chuva, só uma garrafa de conhaque barato apertada contra o peito. Era a mim que ele chamava, pelo meio da cidade, puxando o fio desde a minha cabeça até a dele, por dentro da chuva, era para mim que ele abriria sua porta, chegando muito perto agora, tão perto que uma quentura me subia para o rosto, como se tivesse bebido o conhaque todo, trocaria minha roupa molhada por outra mais seca e tomaria lentamente minhas mãos entre as suas, acariciando-as devagar para aquecê-las, espantando o roxo da pele fria, começava a escurecer, era cedo ainda, mas ia escurecendo cedo, mais cedo que de costume, e nem era inverno, ele arrumaria uma cama larga com muitos cobertores, e foi então que escorreguei e caí e tudo tão de repente, para proteger a garrafa apertei-a mais contra o peito e ela bateu numa pedra, e além da água da chuva e da lama dos carros a minha roupa agora também estava encharcada de conhaque, como um bêbado, fedendo, não beberíamos então, tentei sorrir, com cuidado, o lábio inferior quase imóvel, escondendo o caco do dente, e pensei na lama que ele limparia terno, porque era a mim que ele chamava, porque era a mim que ele escolhia, porque era para mim e só para mim que ele abriria a sua porta. Chovia sempre e eu custei para conseguir me levantar daquela poça de lama, chegava num ponto, eu voltava ao ponto, em que era necessário um esforço muito grande, era preciso um esforço tão terrível que precisei sorrir mais sozinho e inventar mais um pouco, aquecendo meu segredo, e dei alguns passos, mas como se faz? me perguntei, como se faz isso de colocar um pé após o outro, equilibrando a cabeça sobre os ombros, mantendo ereta a coluna vertebral, desaprendia, não era quase nada, eu, mantido apenas por aquele fio invisível ligado à minha cabeça, agora tão próximo que se quisesse eu poderia imaginar alguma coisa como um zumbido eletrônico saindo da cabeça dele até chegar na minha, mas como se faz? eu reaprendia e inventava sempre, sempre em direção a ele, para chegar inteiro, os pedaços de mim todos misturados que ele disporia sem pressa, como quem brinca com um quebra-cabeça para formar que castelo, que bosque, que verme ou deus, eu não sabia, mas ia indo pela chuva porque esse era meu único sentido, meu único destino: bater naquela porta escura onde eu batia agora. E bati, e bati outra vez, e tornei a bater, e continuei batendo sem me importar que as pessoas na rua parassem para olhar, eu quis chamá-lo, mas tinha esquecido seu nome, se é que alguma vez o soube, se é que ele o teve um dia, talvez eu tivesse febre, tudo ficara muito confuso, ideias misturadas, tremores, água de chuva e lama e conhaque no meu corpo sujo gasto exausto batendo feito louco naquela porta que não abria, era tudo um engano, eu continuava batendo e continuava chovendo sem parar, mas eu não ia mais indo por dentro da chuva, pelo meio da cidade, eu só estava parado naquela porta fazia muito tempo, depois do ponto, tão escuro agora que eu não conseguiria nunca mais encontrar o caminho de volta, nem tentar outra coisa, outra ação, outro gesto além de continuar batendo batendo batendo batendo batendo batendo batendo batendo batendo batendo batendo batendo batendo nesta porta que não abre nunca.

Paris não é uma festa

Ficou meio irritada quando bateram à porta e olhou com desânimo para o monte de papéis e livros esparramados sobre a mesa. Eu tinha pedido que ninguém incomodasse, pensou. Olhou pela janela, indecisa. Mas quando bateram pela segunda vez ela suspirou fundo e disse numa voz seca:

– Entre.

À primeira vista quase não o reconheceu. Tinha deixado a barba crescer e usava uns enormes óculos escuros. As roupas também eram diferentes. Coloridas, estrangeiras. E o cabelo mais comprido. Hesitou entre beijá-lo, estender a mão ou apenas sorrir. Afinal, havia tanto tempo. Como ele não fazia nenhum movimento, limitou-se a sorrir e a permanecer onde estava, atrás da grande mesa cheia de papéis e livros em desordem.

Então é você mesmo – disse. – *Welcome*, não é assim que se diz? – Indicou a poltrona em frente à mesa. – Deve ter coisas sensacionais para contar. – Esperou que ele sentasse, acomodando lentamente as longas pernas. – Um cafezinho, quer um cafezinho autenticamente brasileiro? – Riu alto, fingindo ironia. – Garanto que por lá não tinha essas coisas. – Apertou o botão do telefone interno. – Ana, por favor, traga dois cafés. – Voltou-se para ele. – Ou você prefere chá? Ouvi dizer que os ingleses tomam chá o tempo todo. Você deve estar acostumado...

– Café – ele disse. – Sem açúcar.

– Ana, dois cafés. Um sem açúcar.

Soltou o botão e ficou olhando para ele. Mas ele não dizia nada. Remexeu alguns papéis sem muita vontade. O silêncio estava ficando incômodo. Tornou a olhar pela janela. Vai chover, pensou sem emoção, vendo o céu escurecer lá fora. Ele tinha acendido um cigarro e fumava devagar, as pernas cruzadas. O silêncio pesou um pouco mais. Se alguém não disser qualquer coisa agora, ela pensou, vai ficar tudo muito difícil. E abriu a boca para falar. Mas nesse momento a porta abriu-se para a moça com os dois cafés, um sem açúcar.

– Obrigada, Ana.

Esperou que ela saísse. Depois mexeu o líquido escuro com a colherinha de prata. Algumas gotas pingaram no pires.

– Então – disse –, tenho tanta coisa para perguntar que nem sei por onde começo. Fale-me de lá...

Ele não disse nada. Estava começando a ficar nervosa.

– Paris, por exemplo, fale-me de Paris.

– Paris não é uma festa – ele disse baixo e sem nenhuma entonação.

– É mesmo? – ela conteve a surpresa. – E que mais? Conte...

Ele terminou o café, estendeu a xícara até a mesa e cruzou as mãos.

– Mais? Bem, tem a torre Eiffel...

Ela sorriu, afetando interesse.

– Sim?

– ... tem Montmartre, tem o Quartier Latin, tem o boulevard Saint-Michel, tem o Café de Flore, tem árabes, tem...

– Isso eu sei – ela interrompeu delicadamente. E, quase sem sentir: – E Londres?

– Londres tem Piccadilly Circus, tem Trafalgar Square, tem o Tâmisa, tem Portobello Road, tem...

– A Torre de Londres, o Big Ben, o Central Park – ela completou brusca.

– Não – ele explicou devagar. – O Central Park é em Nova York. Em Londres é o Hyde

Park. Tem bombas, também. O tempo todo. Ah, e árabes.

– Pois é – ela amassou uma folha de papel. Depois desamassou-a, preocupada. Seria algo importante? Não era. Acendeu um cigarro. – E Veneza tem canais, Roma tem a via Veneto, Florença tem...

– Eu não fui à Itália – ele interrompeu.

– Ah, você não foi à Itália. – Ela bateu o cigarro nervosamente, três vezes. – Mas à Holanda você foi, não? Lembro que mandou um cartão de lá. E o que tem lá? Tulipas, tamancos e moinhos?

– Tulipas, tamancos e moinhos – ele confirmou. – E árabes também. – (Mas afinal o que está havendo?) – E putas na vitrine.

– O quê?

– É. Em Amsterdã. Elas ficam numa espécie de vitrine, as putas.

– Interessante.

– Interessantíssimo.

Ela ficou um pouco perturbada, levantou-se de repente e foi até a janela. As nuvens estavam mais escuras. Vai mesmo chover. Olhou-o por cima do ombro. Afinal, esse cara fica dois anos fora e volta dizendo essas coisas. Pra saber disso posso ler qualquer guia turístico.

– O quê?

– Disse que pra saber disso posso ler qualquer guia turístico.

– É verdade. Você pode.

Odiava aquelas nuvens escurecendo aos poucos. Na rua as pessoas apressavam o passo, algumas olhavam para cima, outras faziam sinais para os táxis. Voltou-se para ele, que examinava os papéis e livros em cima da mesa.

– Eu tenho muito trabalho – ela disse. E arrependeu-se logo. Ele podia pensar que ela estava insinuando que estava muito ocupada, que não tinha tempo para ele, que...

– Eu já vou indo – ele disse, erguendo-se da poltrona.

– Espere – a voz dela saiu um pouco trêmula –, eu não quis dizer...

– Claro que você não quis dizer. – Ele tornou a sentar.

Ela voltou à mesa. Ficou de pé ao lado dele. Mas era como se não o conhecesse mais. Acendeu outro cigarro.

– Está quase na hora de sair. Se você esperar mais um pouco, posso te dar uma carona.

– Você tem carro agora?

– É. Eu tenho carro agora... – E se você fizer qualquer comentário irônico, pensou, se você *ousar* fazer qualquer...

– Você subiu na vida – ele disse.

Ela concordou em silêncio. Cruzou os braços. Começava a sentir frio. Ou era aquele ar carregado de eletricidade? Pensou em vestir o casaco no encosto da cadeira. Mas não se moveu. O silêncio tinha crescido de novo entre as paredes. Podiam ouvir o barulho das máquinas de escrever na sala ao lado. E alguém perguntando as horas numa voz estridente. E um telefone tocando.

– Escute – ela disse de repente. – Nós temos muito interesse em publicar o seu livro.

Ele não se moveu.

– É um livro... muito forte. – Acendeu outro cigarro. – Mas a nossa programação para este ano já está completa – acrescentou rapidamente. – Além disso, há a crise do papel, você sabe, tudo subiu muito, as vendas caíram, tivemos também um corte de verba, eles estão mais interessados em publicar livros didáticos ou então autores que já tenham um público certo, ou...

Teve a impressão de que ele não estava ouvindo. Descruzou os braços, endireitou o corpo. O frio tinha passado. Perguntou: – Você deve ter trazido muito material novo, não?

– Não – ele disse. E olhou em volta como se tivesse acabado de chegar. – É legal aqui. Dá pra ver o rio, as ilhas. Você deve gostar de ficar aqui.

– É, eu gosto, mas...

Ele tinha levantado e dava alguns passos pela sala, detendo-se para olhar os quadros e os livros.

– Daqui a pouco vai começar a chover – ela observou.

Ele olhou pela janela sem interesse.

– Quer mais um café?

Ele não respondeu.

– Se você quiser eu posso chamar a Ana, está pronto, na garrafa térmica, é só chamar, eu... – Acendeu outro cigarro.

– Você está fumando demais – ele disse. – E muito café estraga os nervos.

– Você acha? É que às vezes fico meio louca com esse monte de trabalho e não tenho bem certeza se...

Pensou em queixar-se um pouco. Mas ele parecia não ouvi-la. Continuava a andar de um lado para outro entre os livros, os quadros, as poltronas. Às vezes estendia a mão mas, como se mudasse de ideia no meio do gesto, continuava a andar sem tocar em nada. Dava-lhe a impressão de que ele estava andando havia horas. Sentiu uma pontada na cabeça. Deve ser o cigarro. Ou o café. E tornou a olhar pela janela. As nuvens tinham escurecido completamente. Agora, ela pensou apertando as mãos, agora vem uma ventania, um trovão, um raio, depois começa a chover. Fechou os olhos para depois abri-los lentamente. Mas não tinha acontecido nada. E ele continuava a andar de um lado para outro.

– Você está muito nervoso – ela disse sem pensar.

Ele parou em frente à janela e tirou os óculos. Os olhos, ela viu, os olhos tinham mudado. Estavam parados, com uma coisa no fundo que parecia paz. Ou desencanto.

– Eu estou muito calmo – ele disse.

Mas não eram só os olhos e o rosto sem barba, não eram só aquelas roupas bizarras, estrangeiras, nem as duas pulseiras e o anel de pedra roxa, não era só o cabelo mais comprido...

– Você mudou – ela disse.

– Tudo mudou.

Ele tornou a colocar os óculos. Ela pensou em pedir-lhe para fechar a janela. Mas não disse nada. Amassou de novo aquele papel, não tinha importância, não tinha mesmo importância alguma. Os pingos grossos molhavam os livros e os papéis em desordem. Por trás dele tinha começado a chover.

Para uma avenca partindo

— Olha, antes do ônibus partir eu tenho uma porção de coisas pra te dizer, dessas coisas assim que não se dizem costumeiramente, sabe, dessas coisas tão difíceis de serem ditas que geralmente ficam caladas, porque nunca se sabe nem como serão ditas nem como serão ouvidas, compreende? olha, falta muito pouco tempo, e se eu não te disser agora talvez não diga nunca mais, porque tanto eu como você sentiremos uma falta enorme de todas essas coisas, e se elas não chegarem a ser ditas nem eu nem você nos sentiremos satisfeitos com tudo que existimos, porque elas não foram existidas completamente, entende, porque as vivemos apenas naquela dimensão em que é permitido viver, não, não é isso que eu quero dizer, não existe uma dimensão permitida e uma outra proibida, indevassável, não me entenda mal, mas é que a gente tem tanto medo de penetrar naquilo que não sabe se terá coragem de viver, no mais fundo, eu quero dizer, é isso mesmo, você está acompanhando o meu raciocínio? falava do mais fundo, desse que existe em você, em mim, em todos esses outros com suas malas, suas bolsas, suas maçãs, não, não sei por que todo mundo compra maçãs antes de viajar, nunca tinha pensado nisso, por favor, não me interrompa, realmente não sei, existem coisas que a gente ainda não pensou, que a gente talvez nunca pense, eu, por exemplo, nunca pensei que houvesse alguma coisa a dizer além de tudo o que já foi dito, ou melhor, pensei sim, não, pensar propriamente não, mas eu sabia, é verdade que eu sabia, que havia uma outra coisa atrás e além de nossas mãos dadas, dos nossos corpos nus, eu dentro de você, e mesmo atrás dos silêncios, aqueles silêncios saciados, quando a gente descobria alguma coisa pequena para observar, um fio de luz coado pela janela, um latido de cão no meio da noite, você sabe que eu não falaria dessas coisas se não tivesse a certeza de que você sentia o mesmo que eu a respeito dos fios de luz, dos latidos de cães, é, eu não falaria, uma vez eu disse que a nossa diferença fundamental é que você era capaz apenas de viver as superfícies, enquanto eu era capaz de ir ao mais fundo, de não sentir medo desse mais fundo, você riu porque eu dizia que não era cantando desvairadamente até ficar rouca que você ia conseguir saber alguma coisa a respeito de si própria, mas sabe, você tinha razão em rir daquele jeito porque eu também não tinha me dado conta de que enquanto ia dizendo aquelas coisas eu também cantava desvairadamente até ficar rouco, o que quero dizer é que nós dois cantamos desvairadamente até agora sem nos darmos conta, é por isso que estou tão rouco assim, não, não é dessa coisa da garganta que falo, é de uma outra, de dentro, entende? por favor, não ria dessa maneira nem fique consultando o relógio o tempo todo, não é preciso, deixa eu te dizer antes que o ônibus parta que você cresceu em mim dum jeito completamente insuspeitado, assim como se você fosse apenas uma semente e eu plantasse você esperando ver nascer uma plantinha qualquer, pequena, rala, uma avenca, talvez samambaia, no máximo uma roseira, é, não estou sendo agressivo não, esperava de você apenas coisas assim, avenca, samambaia, roseira, mas nunca, em nenhum momento essa coisa enorme que me obrigou a abrir todas as janelas, e depois as portas, e pouco a pouco derrubar todas as paredes e arrancar o telhado para que você crescesse livremente, você não crescia se eu a mantivesse presa num pequeno vaso, eu compreendi a tempo que você precisava de muito espaço, claro, claro que eu compro uma revista pra você, eu sei, é bom ler durante a viagem, embora eu prefira ficar olhando pela janela e pensando coisas, estas mesmas coisas que estou tentando dizer a você sem conseguir, por favor, me ajuda, senão vai ser muito tarde, daqui a pouco não vai ser mais possível, e se eu não disser tudo não poderei nem dizer nem fazer mais nada, é preciso que a gente tente de todas as maneiras, é o que estou fazendo, sim, esta é minha última tentativa, olha, é bom você pegar sua passagem, porque você sempre perde tudo nessa sua bolsa, não sei como é que você consegue, é bom você ficar com ela na mão para evitar qualquer atraso, sim, é bom evitar os atrasos, mas agora escuta: eu queria te dizer uma porção de coisas, de uma porção de noites, ou tardes, ou manhãs, não importa a cor, é, a cor, o tempo é só uma questão de cor, não é? pois isso não importa, eu queria era te dizer dessas vezes em que eu te deixava e depois saía sozinho, pensando numa porção de coisas que eu ia te dizer depois, pensando também nas coisas que eu não ia te dizer, porque existem coisas terríveis que precisam ser ditas, não faça essa cara de espanto, elas são realmente terríveis, eu me perguntava se você era capaz de ouvir, se você teria, não sei, disponibilidade suficiente para ouvir, sim, era preciso estar disponível para ouvi-las, disponível em relação a quê? não sei, não me interrompa agora que estou quase conseguindo, disponível só, não é uma palavra bonita? sabe, eu me perguntava até que ponto você era aquilo que eu via em você ou apenas aquilo que eu queria ver em você, eu queria saber até que ponto você não era apenas uma projeção daquilo que eu sentia, e, se era assim, até quando eu conseguiria ver em você todas essas coisas que me fascinavam e que no fundo, sempre no fundo, talvez nem fossem suas, mas minhas, e pensava que amar era só conseguir ver, e desamar era não mais conseguir ver, entende? dolorido-colorido, estou repetindo devagar para que você possa compreender, melhor, claro que dou um cigarro pra você, não, ainda não, faltam uns cinco minutos, eu sei que não devia fumar tanto, é, eu sei que os meus dentes estão ficando escuros, e essa tosse intolerável, você acha mesmo a minha tosse intolerável? eu estava dizendo, o que é mesmo que eu estava dizendo? ah: sabe, entre duas pessoas essas coisas sempre devem ser ditas, o fato de você achar minha tosse intolerável, por exemplo, eu poderia me aprofundar nisso e concluir que você não gosta de mim o suficiente, porque, se você gostasse, gostaria também da minha tosse, dos meus dentes escuros, mas não aprofundando não concluo nada, fico só querendo te dizer de como eu te esperava quando a gente marcava qualquer coisa, de como eu olhava o relógio e andava de lá pra cá sem pensar definidamente em nada, mas não, não é isso, eu ainda queria chegar mais perto daquilo que está lá no centro e que um dia destes eu descobri existindo, porque eu nem supunha que existisse, acho que foi o fato de você partir que me fez descobrir tantas coisas, espera um pouco, eu vou te dizer de todas essas coisas, é por isso que estou falando, fecha a revista, por favor, olha, se você não prestar muita atenção você não vai conseguir entender nada, sei, sei, eu também gosto muito do Peter Fonda, mas isso agora não tem nenhuma importância, é fundamental que você escute todas as palavras, todas, e não fique tentando descobrir sentidos ocultos por trás do que estou dizendo, sim, eu reconheço que muitas vezes falei por metáforas, e que é chatíssimo falar por metáforas, pelo menos para quem ouve, e depois, você sabe, eu sempre tive essa preocupação idiota de dizer apenas coisas que não ferissem, está bem,

eu espero aqui do lado da janela, é melhor mesmo você subir, continuamos conversando enquanto o ônibus não sai, espera, as maçãs ficam comigo, é muito importante, vou dizer tudo numa só frase, você vai......................................
....
.............................sim, sei, eu vou escrever, não, eu não vou escrever, mas é bom você botar um casaco, está esfriando tanto, depois, na estrada, olha, antes do ônibus partir eu quero te dizer uma porção de coisas, será que vai dar tempo? escuta, não fecha a janela, está tudo definido aqui dentro, é só uma coisa, espera um pouco mais, depois você arruma as malas e as bolsas, fica tranquila, esse velho não vai incomodar você, olha, eu ainda não disse tudo, e a culpa é única e exclusivamente sua, por que você fica sempre me interrompendo e me fazendo suspeitar que você não passa mesmo duma simples avenca? eu preciso de muito silêncio e de muita concentração para dizer todas as coisas que eu tinha pra te dizer, olha, antes de você ir embora eu quero te dizer quê.

Os sobreviventes

(Para ler ao som de Ângela Ro-Ro)

Para Jane Araújo, a Magra

Sri Lanka, quem sabe? ela me pergunta, morena e ferina, e eu respondo por que não? mas inabalável ela continua: você pode pelo menos mandar cartões-postais de lá, para que as pessoas pensem nossa, como é que ele foi parar em Sri Lanka, que cara louco esse, hein, e morram de saudade, não é isso que te importa? Uma certa saudade, e você em Sri Lanka, bancando o Rimbaud, que nem foi tão longe, para que todos lamentem ai como ele era bonzinho e nós não lhe demos a dose suficiente de atenção para que ficasse aqui entre nós, palmeiras & abacaxis. Sem parar, abana-se com a capa do disco de Ângela enquanto fuma sem parar e bebe sem parar sua vodca nacional sem gelo nem limão. Quanto a mim, a voz tão rouca, fico por aqui mesmo comparecendo a atos públicos, pichando muros contra usinas nucleares, em plena ressaca, um dia de monja, um dia de puta, um dia de Joplin, um dia de Teresa de Calcutá, um dia de merda enquanto seguro aquele maldito emprego de oito horas diárias para poder pagar essa poltrona de couro autêntico onde neste exato momento vossa reverendíssima assenta sua preciosa bunda e essa exótica mesinha de centro em junco indiano que apoia nossos fatigados pés descalços ao fim de mais outra semana de batalhas inúteis, fantasias escapistas, maus orgasmos e crediários atrasados. Mas tentamos tudo, eu digo, e ela diz que sim, claaaaaaaro, tentamos tudo, inclusive trepar, porque tantos livros emprestados, tantos filmes vistos juntos, tantos pontos de vista sociopolíticos existenciais e bababá em comum só podiam era dar mesmo nisso: cama. Realmente tentamos, mas foi uma bosta. Que foi que aconteceu, que foi meu deus que aconteceu, eu pensava depois acendendo um cigarro no outro e não queria lembrar, mas não me saía da cabeça o teu pau murcho e os bicos dos meus seios que nem sequer ficaram duros, pela primeira vez na vida, você disse, e eu acreditei, pela primeira vez na vida, eu disse, e não sei se você acreditou. Eu quero dizer que sim, que acreditei, mas ela não para, tanto tesão mental espiritual moral existencial e nenhum físico, eu não queria aceitar que fosse isso:

éramos diferentes, éramos melhores, éramos superiores, éramos escolhidos, éramos mais, éramos vagamente sagrados, mas no final das contas os bicos dos meus peitos não endureceram e o teu pau não levantou. Cultura demais mata o corpo da gente, cara, filmes demais, livros demais, palavras demais, só consegui te possuir me masturbando, tinha a biblioteca de Alexandria separando nossos corpos, eu enfiava fundo o dedo na buceta noite após noite e pedia mete fundo, coração, explode junto comigo, me fode, depois virava de bruços e chorava no travesseiro, naquele tempo ainda tinha culpa nojo vergonha, mas agora tudo bem, o *Relatório Hite* liberou a punheta. Não que fosse amor de menos, você dizia depois, ao contrário, era amor demais, você acreditava mesmo nisso? naquele bar infecto onde costumávamos afogar nossas impotências em baldes de lirismo juvenil, imbecil, e eu disse não, meu bem, o que acontece é que como bons-intelectuais-pequeno-burgueses o teu negócio é homem e o meu é mulher, podíamos até formar um casal incrível, tipo aquela amante de Virginia Woolf, como era mesmo o nome da fanchona? Vita, isso, Vita Sackville-West e o veado do marido dela, ora não se erice, queridinho, não tenho nada contra veados não, me passa a vodca, o quê? e eu lá tenho grana para comprar wyborowas? não, não tenho nada contra lésbicas, não tenho nada contra decadentes em geral, não tenho nada contra qualquer coisa que soe a: uma tentativa. Eu peço um cigarro e ela me atira o maço na cara como quem joga um tijolo, ando angustiada demais, meu amigo, palavrinha antiga essa, a velha *angst,* saco, mas ando, ando, mais de duas décadas de convívio cotidiano, tenho uma coisa apertada aqui no meu peito, um sufoco, uma sede, um peso, ah não me venha com essas histórias de atraiçoamos-todos-os-nossos-ideais, eu nunca tive porra de ideal nenhum, eu só queria era salvar a minha, veja só que coisa mais individualista elitista capitalista, eu só queria era ser feliz, cara, gorda, burra, alienada e completamente feliz. Podia ter dado certo entre a gente, ou não, eu nem sei o que é dar certo, mas naquele tempo você ainda não tinha se decidido a dar o rabo nem eu a lamber buceta, ai que gracinha nossos livrinhos de Marx, depois Marcuse, depois Reich, depois Castañeda, depois Laing embaixo do braço, aqueles sonhos tolos colonizados nas cabecinhas idiotas, bolsas na Sorbonne, chás com Simone e Jean-Paul nos 50 em Paris, 60 em Londres ouvindo *here comes the sun here comes the sun little darling,* 70 em Nova York dançando disco-music no Studio 54, 80 a gente aqui mastigando esta coisa porca sem conseguir engolir nem cuspir fora nem esquecer esse azedo na boca. Já li tudo, cara, já tentei macrobiótica psicanálise drogas acupuntura suicídio ioga dança natação cooper astrologia patins marxismo candomblé boate gay ecologia, sobrou só esse nó no peito, agora faço o quê? não é plágio do Pessoa não, mas em cada canto do meu quarto tenho uma imagem de Buda, uma de mãe Oxum, outra de Jesusinho, um pôster de Freud, às vezes acendo vela, faço reza, queimo incenso, tomo banho de arruda, jogo sal grosso nos cantos, não te peço solução nenhuma, você vai curtir os seus nativos em Sri Lanka depois me manda um cartão-postal contando qualquer coisa como ontem à noite, na beira do rio, deve haver uma porra de rio por lá, um rio lodoso, cheio de juncos sombrios, mas ontem na beira do rio, sem planejar nada, de repente, sabe, por acaso, encontrei um rapaz de tez azeitonada e olhos oblíquos quê. Hein? claro que deve haver alguma espécie de dignidade nisso tudo, a questão é onde, não nesta cidade escura, não neste planeta podre e pobre, dentro de mim? ora não me venhas com autoconhecimentos-redentores, já sei tudo de mim, tomei mais de cinquenta ácidos, fiz seis anos de análise, já pirei de clínica, lembra? você me levava maçãs argentinas e fotonovelas italianas, Rossana Galli, Franco Andrei, Michela Roc, Sandro Moretti, eu te olhava entupida de mandrix e babava soluçando perdi minha alegria, anoiteci, roubaram minha esperança, enquanto você, solidário & positivo, apertava meu ombro com sua mão apesar de tudo viril repetindo reage, *companheira*, reage, a causa precisa dessa tua cabecinha privilegiada, teu potencial criativo, tua lucidez libertária e bababá bababá. As pessoas se transformavam em cadáveres decompostos à minha frente, minha pele era triste e suja, as noites não terminavam nunca, ninguém me tocava, mas eu reagi, despirei, voltei a isso que dizem que é o normal, e cadê a causa, meu, cadê a luta, cadê o po-ten-ci-al criativo? Mato, não mato, atordoo minha sede com sapatinhas do Ferro's Bar ou encho a cara sozinha aos sábados esperando o telefone tocar, e nunca toca, neste apartamento que pago com o suor do po-ten-ci-al criativo da bunda que dou oito horas diárias para aquela multinacional fodida. Mas, eu quero dizer, e ela me corta mansa, claro que você não tem culpa, coração, caímos exatamente na mesma ratoeira, a única diferença é que você pensa que pode escapar, e eu quero chafurdar na dor deste ferro enfiado fundo na minha garganta seca que só umedece com vodca, me passa o cigarro, não, não estou desesperada, não mais do que sempre estive, *nothing special, baby,* não estou louca nem bêbada, estou é lúcida pra caralho e sei claramente que não tenho nenhuma saída, ah não se preocupe, meu bem, depois que você sair tomo banho frio, leite quente com mel de eucalipto, gin-seng e lexotan, depois deito, depois durmo, depois acordo e passo uma semana a banchá e arroz integral, absolutamente santa, absolutamente pura, absolutamente limpa, depois tomo outro porre, cheiro cinco gramas, bato o carro numa esquina ou ligo para o cvv às quatro da madrugada e alugo a cabeça dum panaca qualquer choramingando coisas tipo preciso-tanto-uma-razão-para-viver-e-sei-que-essa-razão-só-está-dentro-de-mim-bababá-bababá e me lamurio até o sol pintar atrás daqueles edifícios sinistros, mas não se preocupe, não vou tomar nenhuma medida drástica, a não ser continuar, tem coisa mais autodestrutiva do que insistir sem fé nenhuma? Ah, passa devagar a tua mão na minha cabeça, toca meu coração com teus dedos frios, eu tive tanto amor um dia, ela para e pede, preciso tanto tanto tanto, cara, eles não me permitiram ser a coisa boa que eu era, eu então estendo o braço e ela fica subitamente pequenina apertada contra meu peito, perguntando se está mesmo muito feia e meio puta e velha demais e completamente bêbada, eu não tinha estas marcas em volta dos olhos, eu não tinha estes vincos em torno da boca, eu não tinha este jeito de sapatão cansado, e eu repito que não, que nada, que ela está linda assim, desgrenhada e viva, ela pede que eu coloque uma música e escolho ao acaso o *Noturno número dois em mi bemol* de Chopin, eu quero deixá-la assim, dormindo no escuro sobre este sofá amarelo, ao lado das papoulas quase murchas, embalada pelo piano remoto como uma canção de ninar, mas ela se contrai violenta e pede que eu ponha Ângela outra vez, e eu viro o disco, amor meu grande amor, caminhamos tontos até o banheiro onde sustento sua cabeça para que vomite, e sem querer vomito junto, ao mesmo tempo, os dois abraçados, fragmentos azedos sobre as línguas misturadas, mas ela puxa a descarga e vai me empurrando para a sala, para a porta, pedindo que me vá, e me expulsa para o corredor repetindo não se esqueça então de me mandar aquele cartão de Sri Lanka, aquele rio lodoso, aquela tez azeitonada, que aconteça alguma coisa bem bonita com você, ela diz, te desejo uma fé enorme, em qualquer coisa, não importa o que, como aquela fé que a gente teve um dia, me deseja também uma coisa bem bonita, uma coisa qualquer maravilhosa, que me faça acreditar em tudo de novo, que nos faça acreditar em tudo outra vez, que leve para longe da minha boca este gosto podre de fracasso, este travo de derrota sem nobreza, não tem jeito, companheiro, nos perdemos no meio da estrada e nunca tivemos mapa algum, ninguém dá mais carona e a noite já vem chegando. A chave gira na porta. Preciso me apoiar contra a parede para não cair. Por trás da madeira, misturada ao piano e à voz rouca de Ângela, nem que eu rastejasse até o Leblon, consigo ouvi-la repetindo e repetindo que tudo vai bem, tudo continua bem, tudo muito bem, tudo bem. *Axé, axé, axé*! eu digo e insisto até que o elevador chegue *axé, axé, axé, odara!*

Pela passagem de uma grande dor

(Ao som de Erik Satie)

Para Paula Dip

A primeira vez que o telefone tocou ele não se moveu. Continuou sentado sobre a velha almofada amarela, cheia de pastoras desbotadas com coroas de flores nas mãos. As vibrações coloridas da televisão sem som faziam a sala tremer e flutuar, empalidecida pelo bordô mortiço da cor de luxe de um filme antigo qualquer. Quando o telefone tocou pela segunda vez ele estava tentando lembrar se o nome daquela melodia meio arranhada e lentíssima que vinha da outra sala seria mesmo "Desespero agradável" ou "Por um desespero agradável". De qualquer forma, pensou, desespero. E agradável.

A luz de mercúrio da rua varava os orifícios das cortinas de renda misturando-se, azulada, à cor meio decomposta do filme. Pouco antes do telefone tocar pela terceira vez ele resolveu levantar-se – conferir o nome da música, disse para si mesmo, e caminhou para dentro atravessando o pequeno corredor onde, como sempre, a perna da calça roçou contra a folha rajada de uma planta. Preciso trocá-la de lugar, lembrou, como sempre. E um pouco antes ainda de estender a mão para pegar o telefone na estante, inclinou-se sobre as capas de discos espalhadas pelo chão, entre um cinzeiro cheio e um caneco de cerâmica crua quase vazio, a não ser por uns restos no fundo, que vistos assim de cima formavam uma massa verde, úmida e compacta. "Désespoir agréable", confirmou. Ainda em pé, colocou a capa branca do disco sobre a mesa enquanto repetia mentalmente: de qualquer forma, desespero. E agradável.

– Lui? – A voz conhecida. – Alô? É você, Lui?

– Eu – ele disse.

– O que é que você está fazendo?

Ele sentou-se. Depois estendeu o braço em frente ao rosto e olhou a palma aberta da própria mão. As pequenas áreas descascadas, ácido úrico, diziam, corroendo lento a pele.

– Alô? Você está me ouvindo?

– Oi – ele disse.

– Perguntei o que é que você estava fazendo.

– Fazendo? Nada. Por aí, ouvindo música, vendo tevê. – Fechou a mão. – Agora ia fazer um café. E dormir.

– Hein? Fala mais alto.
– Mas não sei se tem pó.
– O quê?
– Nada, bobagem. E você?

Do outro lado da linha, ela suspirou sem dizer nada. Então houve um silêncio curto e em seguida um clique seco e uma espécie de sopro. Deve ter acendido um cigarro, ele pensou. Dobrou mecanicamente o corpo para a esquerda até trazer o cinzeiro cheio de pontas para o lado do telefone.

– Que que houve? – perguntou lento, olhando em volta à procura de um maço de cigarros.

– Escuta, você não quer dar uma saída?

– Estou cansado. Não tenho cabeça. E amanhã preciso acordar muito cedo.

– Mas eu passo aí com o carro. Depois deixo você de novo. A gente não demora nada. Podia ir a um bar, a um cinema, a um.

– Já passa das dez – ele disse.

A voz dela ficou um pouco mais aguda.

– E vir aqui, quem sabe. Também você não quer, não é? Tenho uma vodca ótima. Daquelas. Você adora, nem abri ainda. Só não tenho limão, você traz? – A voz ficou subitamente tão aguda que ele afastou um pouco o fone do ouvido. Por um momento ficou ouvindo a melodia distante, lenta e arranhada do piano. Através dos vidros da porta, com a luz acesa nos fundos, conseguia ver a copa verde das plantas no jardim, algumas folhas amareladas caídas no chão de cimento. Sem querer, quase estremeceu de frio. Ou uma espécie de medo. Esfregou a palma seca da mão esquerda contra a coxa. A voz dela ficou mais baixa quando perguntou:

– E se eu fosse até aí?

Os dedos dele tocaram o maço de cigarros no bolso da calça. Ele contraiu o ombro direito, equilibrando o fone contra o rosto, e puxou devagar o maço.

– Sabe o que é – disse.

– Lui?

Com os dentes, ele prendeu o filtro de um dos cigarros. Mordeu-o, levemente.

– Alô, Lui? Você está aí?

Ele contraiu mais o ombro para acender o cigarro. O fone quase se desequilibrou. Tragou fundo. Tornou a pegar o fone com a mão e soltou pouco a pouco o ombro dolorido soprando a fumaça.

– Eu já estava quase dormindo.

– Que música é essa aí no fundo? – ela perguntou de repente.

Ele puxou o cinzeiro para perto. Virou a capa do disco nas mãos.

– Chama-se "Por um desespero agradável" – mentiu. – Você gosta?

– Não sei. Acho que dá um pouco de sono. Quem é?

Ele bateu o cigarro três vezes na borda do cinzeiro, mas não caiu nenhuma cinza.

– Um cara aí. Um doido.

– Como ele se chama?

– Erik Satie – ele disse bem baixo. Ela não ouviu.

– Lui? Alô, Lui?

– Digue.

– Estou te enchendo o saco? – Outra vez ele escutou o silêncio curto, o clique seco e o sopro leve. Deve ter acendido outro cigarro, pensou. E soprou a fumaça.

– Não – disse.

– Estou te enchendo? Fala. Eu sei que estou.

– Tudo bem, eu não estava mesmo fazendo nada.

– Não consigo dormir – ela disse muito baixo.

– Você está deitada?

– É, lendo. Aí me deu vontade de falar com você.

Ele tragou fundo. Enquanto soprava a fumaça, curvou outra vez o corpo para apanhar o caneco de cerâmica. Enfiou o indicador até o fundo, depois mordiscou as folhas miúdas com os incisivos e perguntou:

— O que é que você estava lendo?

— Nada, não. Uma matéria aí numa revista. Um negócio sobre monoculturas e sprays.

— *What about?*

— Hein?

— O que você estava lendo.

Ela tossiu. Depois pareceu se animar.

— Umas coisas assim, ecologias, sabe? Dizque se você só planta uma espécie de coisa na terra por muitos anos, ela acaba morrendo. A terra, não a coisa plantada, entende? Soja, por exemplo. Dizque acaba a camada de húmus. Parece que eucalipto também. Depois aos poucos vira deserto. Vão ficando uns pontos assim. Vazios, entende? Desérticos. Espalhados por toda a terra.

O disco acabou, ele não se mexeu. Depois, recomeçou.

— Assim como se você pingasse uma porção de gotas de tinta num mata-borrão — ela continuou. — Eles vão se espalhando cada vez mais. Acabam se encontrando uns com os outros um dia, entende? O deserto fica maior. Fica cada vez maior. Os desertos não param nunca de crescer, sabia?

– Sabia – ele disse.

– Horrível, não?

– E os sprays?

– O quê?

– Os sprays. O que é que tem os sprays?

– Ah, pois é. Foi na mesma revista. Diz que cada apertada que você dá assim num tubo de desodorante. Não precisa ser desodorante, qualquer tubo, entende? Faz assim ah, como é que eu vou dizer? Um furo, sabe? Um rombo, um buraco na camada de como é mesmo que se diz?

– Ozônio – ele disse.

– Pois é, ozônio. O ar que a gente respira, entende? A biosfera.

– Já deve estar toda furadinha então – ele disse.

– O quê?

– Deve estar toda furada – ele repetiu bem devagar. – A camada. A biosfera. O ozônio.

– Já pensou que horror? Você sabia disso, Lui?

Ele não respondeu.

– Alô, Lui? Você ainda está aí?

— Estou.

— Acho que fiquei meio horrorizada. E com medo. Você não tem medo, Lui?

— Estou cansado.

Do outro lado da linha, ela riu. Pelo som, ele adivinhou que ela ria sem abrir a boca, apenas os ombros sacudindo, movendo a cabeça para os lados, alguns fios de cabelo caídos nos olhos.

— Não estou te alugando? – ela perguntou. – Você sempre diz que eu te alugo. Como se você fosse um imóvel, uma casa. Eu, se fosse uma casa, queria uma piscina nos fundos. Um jardim enorme. E ar-condicionado. Que tipo de casa você queria ser, Lui?

— Eu não queria ser casa.

— Como?

— Queria ser um apartamento.

— Sei, mas que tipo?

Ele suspirou:

— Uma quitinete. Sem telefone.

— O quê? Alô, Lui? Você não ia mesmo fazer nada?

— Um chá, eu ia fazer um chá.

— Não era café? Me lembro que você falou que ia fazer café.

— Não tem mais pó. – Ele lambeu a ponta do indicador, depois umedeceu o nariz por dentro.

Então sacudiu o cinzeiro cheio de pontas queimadas e cinza. Algumas partículas voaram, caindo sobre a capa branca do disco, com um desenho abstrato no centro. Com cuidado, juntou-as num montinho sobre o canto roxo da figura central.
– Nem coador de papel. E acabei de me lembrar que tenho um chá incrível. Tem até uma bula louquíssima, quer ver? Guardei aqui dentro. – Ele equilibrou o fone com o ombro e abriu a cadernetinha preta de endereços.

– Chá não tem bula – ela resmungou. Parecia aborrecida, meio infantil. – Bula é de remédio.

– Tem sim, esse chá tem. Quer ver só? – Entre duas fotos polaroid desbotadas, na contracapa da caderneta, encontrou o retângulo de papel amarelo dobrado em quatro.

– Lui? Você não quer mesmo vir até aqui? Sabe – ela tornou a rir, e desta vez ele imaginou que quase escancarava a boca, passando devagar a língua pelos lábios ressecados de cigarro –, eu acho que fiquei meio impressionada com essa história dos desertos, dos buracos, do ozônio. Lui, você acha que o mundo está mesmo no fim?

Ele desdobrou sobre a mesa o papel amarelo, ao lado das duas fotos tão desbotadas quanto as manchas redondas de xícaras quentes na madeira escura. Uma das fotos era de uma mulher quase bonita, cabelos presos e brincos de ouro em forma de rosas miudinhas. A outra era de um rapaz com blusa preta de gola em V, o rosto apoiado numa das mãos, leve estrabismo nos olhos escuros.

– Sem falar nas usinas nucleares – ele disse. E com a ponta dos dedos, do canto roxo do desenho na capa do disco, foi empurrando o montículo de cinzas por cima das formas torcidas, marrom, amarelo, verde, até o espaço branco e, por fim, exatamente sobre o rosto do rapaz da foto.

– Lui? – ela chamou inquieta. – Encontrou o negócio do tal chá?

– Encontrei.

– Você está esquisito. O que é que há?

– Nada. Estou cansado, só isso. Quer ver o que diz a bula? É inglês, você entende um pouco, não é? – Ela não respondeu. Então ele leu, dramático: –*... is excellent for all types of nervous disorders, paranoia, schizophrenia, drugs effects, digestive problems, hormonal diseases and other disorders...* – Começou a rir baixinho, divertido: – Entendeu?

– Entendi – ela disse. – É um inglês fácil, qualquer um entende. Porreta esse chá, hein? É inglês?

Ele continuou rindo:

– Chinês. Aqui embaixo diz *produced in China*. – Com a cinza, cobriu todo o olho estrábico do rapaz. – *Drugs effects* é ótimo, não é?

– Maravilhoso – ela falou. – O disco tá tocando de novo, já ouvi esse pedaço.

– É que ele parece assim todo igual. Que nem chuva.

– Acho que vou ligar o rádio.

– Isso. Procura uma música bem sonífera. – Espalhou as cinzas sobre o nariz do rapaz, onde as sobrancelhas se uniam cerradas em V, como a gola da blusa preta. – Aí você vai apagando, apagando, apagando. Então dorme. Quase sem sentir. – E sem sentir, repetiu: – Sem sentir.

– Tá bom – ela disse.

– Tá bom – ele repetiu. E pensou que quando começavam a falar desse jeito sempre era um sinal tácito para algum desligar. Mas não quis ser o primeiro.

– Vou tirar amanhã – ela falou de repente.

– Hein?

– Nada. Vai fazer teu chá.

– Tá bom. Aqui diz também que tem vitamina E. – Abriu a mão e olhou as manchas branquicentas na palma. – Não é essa que é boa para a pele?

– Acho que aquela é a A. Não entendo muito de vitaminas.

– Nem eu. A C eu sei que é a da gripe, todo mundo sabe. Qual será a que cura os tais *drugs effects*? Cheirei todas hoje. Estou com aquele... vazio intenso, sabe como?

– Não sei. – De repente ela parecia apressada. – Vou desligar.

– Você ligou o rádio?

– Ainda não. Como é mesmo o nome dessa música?

– "Por um desespero agradável" – ele mentiu outra vez, depois corrigiu: – Não. É só "Desespero agradável".

– Agradável?

– É, agradável. Por que não?

– Engraçado. Desespero nunca é agradável.

– Às vezes sim. Cocaína, por exemplo.

– Você só pensa nisso?

– Não, penso em fazer um chá também.

– Hein?

– Mas essa que tá tocando agora é outra, ouça. – Ele ergueu um momento o fone no ar em direção às caixas de som e ficou um momento assim, parado. – São todas muito parecidas. Só piano, mais nada. – A cinza cobria o rosto inteiro do rapaz na foto. – Essa agora chama-se "À l'occasion d'une grande peine".

– Sei.

– É francês.

– Sei.

– Pena, dor. Não pena de galinha. Uma grande dor. *Occasion* acho que é ocasião mesmo. Mas podia ser passagem. Melhor, você não acha? *Passagem* parece que já vai embora, que já vai passar. O que é que você acha?

– Vou ver se durmo. – Ela bocejou. – Francês, inglês, chá chinês. Você hoje está internacional demais para o meu gabarito.

– Escapismo – ele disse. E acendeu outro cigarro.

– Uma pena que você não queira mesmo sair. – A voz dela parecia mais longe. – Estou pensando em abrir mesmo aquela garrafa de vodca.

– Antes de dormir? – ele falou. – Toma leite morno, dá sono. Põe bastante canela. E mel, açúcar faz mal.

– Mal? Logo quem falando...

– Faça o que eu digo, não faça o que eu.

A cinza descia pelo pescoço, quase confundida com o preto da gola. A voz dela soava um tanto irônica, quase ferina.

– Ué, agora você resolveu cuidar de mim, é?

– Vou fazer meu chá – ele disse.

– Como é mesmo que se pronuncia? *Esquizôfrenia?*

– Não, é *squizofrênia*. Tem acento nesse e aí. E se escreve com esse, cê, agá. Depois tem também um pê e outro agá. Tem dois agás.

– E nenhum ipsilone? Nenhum dábliu? – ela perguntou como se estivesse exausta. E amarga.

– Adoro ipsilones, dáblius e cás. Tão chique.

– *D'accord* – ele disse. – Mas não tem nenhum.

– Tá bom – ela riu sem vontade. Em seguida disse tchau, até mais, boa noite, um beijo, e desligou.

Ele abriu a boca, mas antes de repetir as mesmas coisas ouviu o clique do fone sendo colocado no gancho do outro lado da cidade. O disco chegara novamente ao fim, mas antes que recomeçasse ele curvou-se e desligou o som. Em pé, ao lado da mesa, amarfanhou o papel amarelo e jogou-o no cinzeiro. Depois soprou as cinzas do rosto do rapaz. Algumas partículas caíram sobre a foto da mulher. Andou então até o pequeno corredor, curvou-se sobre a planta e com a brasa do cigarro fez um furo redondo na folha. Respirou fundo sem sentir cheiro algum. A sala continuava mergulhada naquela penumbra bordô, baça, moribunda, a almofada fosforescendo estranhamente esverdeada à luz azul de mercúrio. Ele fez um movimento em direção ao telefone. Chegou a avançar um pouco, como se fosse voltar. Mas não se moveu. Imóvel assim no meio da casa, o som desligado e nenhum outro ruído, era possível ouvir o vento soprando solto pelos telhados.

AQUELES DOIS

(História de aparente mediocridade e repressão)

Em memória de Rofran Fernandes

I announce adhesiveness, I say it shall be [li-
mitless, unloosen'd
I say you shall yet find the friend you
[were looking for.

Walt Whitman, "So long!.."

1

A verdade é que não havia mais ninguém em volta. Meses depois, não no começo, quando não havia ainda intimidade para isso, um deles diria que a repartição era como "um deserto de almas". O outro concordou sorrindo, orgulhoso, sabendo-se excluído. E longamente então, entre cervejas, trocaram ácidos comentários sobre as mulheres mal-amadas e vorazes, os papos de futebol, amigo secreto, lista de presente, bookmaker, bicho, endereço de cartomante, clipes no relógio de ponto, vezenquando salgadinhos no fim do expediente, champanhe nacional em copo de plástico. Num deserto de almas também desertas, uma alma especial reconhece de imediato a outra – talvez por isso, quem sabe? Mas nenhum deles se perguntou.

Não chegaram a usar palavras como *especial*, *diferente* ou qualquer outra assim. Apesar de, sem efusões, terem se reconhecido no primeiro segundo do primeiro minuto. Acontece porém que não tinham preparo algum para dar nome às emoções, nem mesmo para tentar entendê-las. Não que fossem muito jovens, incultos demais ou mesmo um pouco burros. Raul tinha um ano mais que trinta; Saul, um a menos. Mas as diferenças entre eles não se limitavam a esse tempo, a essas letras. Raul vinha de um casamento fracassado, três anos e nenhum filho. Saul, de um noivado tão interminável que terminara um dia, e um curso frustrado de arquitetura. Talvez por isso, desenhava. Só rostos, com enormes olhos sem íris nem pupilas. Raul ouvia música e, às vezes, de porre, pegava o violão e cantava, principalmente velhos boleros em espanhol. E cinema, os dois gostavam.

Passaram no mesmo concurso para a mesma firma, mas não se encontraram durante os exames. Foram apresentados no primeiro dia de trabalho de cada um. Disseram prazer,

Raul, prazer, Saul, depois como é mesmo o seu nome? sorrindo divertidos da coincidência. Mas discretos, porque eram novos na firma e a gente, afinal, nunca sabe onde está pisando. Tentaram afastar-se quase imediatamente, deliberando limitarem-se a um cotidiano oi, tudo bem ou no máximo, às sextas, um cordial bom-fim-de-semana-então. Mas desde o princípio alguma coisa – fados, astros, sinas, quem saberá? – conspirava contra (ou a favor, por que não?) aqueles dois.

Suas mesas ficavam lado a lado. Nove horas diárias, com intervalo de uma para o almoço. E perdidos no meio daquilo que Raul (ou teria sido Saul?) meses depois chamaria de "um deserto de almas", para não sentirem tanto frio, tanta sede, ou simplesmente por serem humanos, sem querer justificá-los – ou, ao contrário, justificando-os plena e profundamente, enfim: que mais restava àqueles dois senão, pouco a pouco, se aproximarem, se conhecerem, se misturarem? Pois foi o que aconteceu. Mas tão lentamente que eles mesmos mal perceberam.

2

Eram dois moços sozinhos. Raul viera do Norte, Saul do Sul. Naquela cidade todos vinham do Norte, do Sul, do Centro, do Leste – e com isso quero dizer que esse detalhe não os tornaria especialmente diferentes. Mas no deserto em volta, todos os outros tinham referenciais – uma mulher, um tio, uma mãe, um amante. Eles não tinham ninguém naquela cidade – de certa forma, também em nenhuma outra – a não ser a si próprios. Poderia dizer também que não tinham nada, mas não seria inteiramente verdadeiro.

Além do violão, Raul tinha um telefone alugado, um toca-discos com rádio e um sabiá na gaiola, chamado Carlos Gardel. Saul, uma televisão colorida com imagem fantasma, cadernos de desenho, vidros de tinta nanquim e um livro com reproduções de Van Gogh. Na parede do quarto, uma outra reprodução também de Van Gogh: aquele quarto com a cadeira de palhinha parecendo torta, a cama estreita, as tábuas manchadas do assoalho. Deitado, Saul tinha às vezes a impressão de que o quadro era um espelho refletindo quase fotograficamente o próprio quarto, ausente apenas ele mesmo. Quase sempre, era nessas ocasiões que desenhava.

Eram dois moços bonitos, todos achavam. As mulheres da repartição, casadas, solteiras, ficaram nervosas quando eles surgiram, tão altos e altivos, comentou de olhos arregalados uma secretária. Ao contrário dos outros homens, alguns até mais jovens, nenhum deles tinha barriga ou aquela postura desalentada de quem carimba ou datilografa papéis oito horas por dia.

Moreno de barba forte azulando o rosto, Raul era um pouco mais definido, com sua voz de baixo profundo, tão adequada aos boleros amargos que gostava de cantar. Tinham a mesma altura, o mesmo porte, mas Saul parecia um pouco menor e mais frágil, talvez pelos cabelos claros, cheios de caracóis miúdos, olhos assustadiços, azul desmaiado. Eram bonitos juntos, diziam as moças, um doce de olhar. Sem terem exatamente consciência disso, quando juntos os dois aprumavam ainda mais o porte e, por assim dizer, quase cintilavam, o bonito de dentro de um estimulando o bonito de fora do outro e vice-versa. Como se houvesse, entre aqueles dois, uma estranha e secreta harmonia.

3

Cruzavam-se silenciosos, mas cordiais, junto à garrafa térmica do cafezinho, comentando o tempo ou a chatice do trabalho, depois voltavam às suas mesas. Muito de vez em quando um pedia fogo ou um cigarro ao outro, e quase sempre trocavam frases como tanta vontade de parar, mas nunca tentei, ou já tentei tanto, agora desisti. Durou tempo, aquilo. E teria durado muito mais, porque serem assim fechados, quase remotos, era um jeito que traziam de longe. Do Norte, do Sul, de dentro talvez.

Até um dia em que Saul chegou atrasado e respondendo a um vago que-que-houve contou que tinha ficado até tarde assistindo a um velho filme na televisão. Por educação, ou cumprindo um ritual, ou apenas para que o outro não se sentisse mal chegando quase às onze, apressado, barba por fazer, Raul deteve os dedos sobre o teclado da máquina e perguntou: que filme? *Infâmia**, Saul contou baixo, Audrey Hepburn, Shirley MacLayne, um filme muito antigo, ninguém conhece. Raul olhou-o devagar, e mais atento, como ninguém conhece? eu conheço e gosto muito, não é aquela história das duas professoras quê. Abalado, convidou Saul para um café, e no que restava daquela manhã muito fria de junho, o prédio feio mais do que nunca parecendo uma prisão ou clínica psiquiátrica, falaram sem parar sobre o filme.

---

* *The children's hour*, de William Wyler. Adaptação da peça de Lilian Hellmann.

Outros filmes viriam nos dias seguintes, e tão naturalmente como se alguma forma fosse inevitável, também vieram histórias pessoais, passados, alguns sonhos, pequenas esperanças e sobretudo queixas. Daquela firma, daquela vida, daquele nó, confessaram uma tarde cinza de sexta, apertado no fundo do peito. Durante aquele fim de semana obscuramente desejaram, pela primeira vez, um em sua quitinete, outro no quarto de pensão, que o sábado e o domingo caminhassem depressa para dobrar a curva da meia-noite e novamente desaguar na manhã de segunda-feira, quando outra vez se encontrariam para: um café. Assim foi, e contaram um que tinha bebido além da conta, outro que dormira quase o tempo todo. De muitas coisas falaram aqueles dois nessa manhã, menos da falta um do outro que sequer sabiam claramente ter sentido.

Atentas, as moças em volta providenciavam esticadas aos bares depois do expediente, gafieiras, discotecas, festinhas na casa de uma, na casa de outra. A princípio esquivos, acabaram cedendo, mas quase sempre enfiavam-se pelos cantos e sacadas para trocar suas histórias intermináveis. Uma noite, Raul pegou o violão e cantou "Tu me acostumbraste". Nessa mesma festa, Saul bebeu demais e vomitou no banheiro. No caminho até os táxis separados, Raul falou pela primeira vez no casamento desfeito. Passo incerto, Saul contou do noivado antigo. E concordaram, bêbados, que estavam ambos cansados de todas as mulheres do mundo, suas tramas complicadas, suas exigências mesquinhas. Que gostavam de estar assim, agora, sós, donos de suas próprias vidas. Embora, isso não disseram, não soubessem o que fazer com elas.

Dia seguinte, de ressaca, Saul não foi trabalhar nem telefonou. Inquieto, Raul vagou o dia inteiro pelos corredores subitamente desertos, gelados, cantando baixinho "Tu me acostumbraste", entre inúmeros cafés e meio maço de cigarros a mais que o habitual.

4

Os fins de semana foram se tornando tão longos que um dia, no meio de um papo qualquer, Raul deu a Saul o número de seu telefone, alguma coisa que você precisar, se ficar doente, a gente nunca sabe. Domingo depois do almoço, Saul ligou só para saber o que o outro estava fazendo, e visitou-o, e jantaram juntos a comidinha mineira que a empregada deixara pronta no sábado. Foi dessa vez que, ácidos e unidos, falaram no tal deserto, nas tais almas.

Há quase seis meses se conheciam. Saul deu-se bem com Carlos Gardel, que ensaiou um canto tímido ao cair da noite. Mas quem cantou foi Raul: "Perfídia", "La barca", "Contigo en la distancia" e, a pedido de Saul, outra vez, duas vezes, "Tu me acostumbraste". Saul gostava principalmente daquele pedacinho assim *sutil llegaste a mí como una tentación llenando de inquietud mi corazón*. Jogaram algumas partidas de buraco e, por volta das nove, Saul se foi.

Na segunda-feira não trocaram uma palavra sobre o dia anterior. Mas falaram mais que nunca, e muitas vezes foram ao café. As moças em volta espiavam, às vezes cochichavam sem que eles percebessem. Nessa semana, pela primeira vez almoçaram juntos na pensão de Saul, que quis subir ao quarto para mostrar os desenhos, visitas proibidas à noite, mas faltavam cinco para as duas e o relógio de ponto era implacável. Pouco tempo depois, com o pretexto de assistir a *Vagas estrelas da Ursa* na televisão de Saul, Raul entrou escondido na pensão, uma garrafa de conhaque no bolso interno do paletó. Sentados no chão, costas apoiadas na cama estreita, quase não prestaram atenção no filme. Não paravam de falar. Cantarolando *"Io che non vivo"*, Raul viu os desenhos, olhando longamente a reprodução de Van Gogh, depois perguntou como Saul conseguia viver naquele quartinho tão pequeno. Parecia sinceramente preocupado. Não é triste? perguntou. Você não se sente só? Saul sorriu forte: a gente acostuma.

Aos domingos, agora, Saul sempre telefonava. E vinha. Almoçavam ou jantavam, bebiam, fumavam, jogavam cartas, falavam o tempo todo. Enquanto Raul cantava – vezenquando "El día que me quieras", vezenquando "Noche de ronda" –, Saul fazia carinhos lentos na cabecinha de Carlos Gardel pousado no seu dedo indicador. Às vezes olhavam-se. E sempre sorriam. Uma noite, porque chovia, Saul acabou dormindo no sofá. Dia seguinte, chegaram juntos à repartição, cabelos molhados do chuveiro. Nesse dia as moças não falaram com eles. Os funcionários barrigudos e desalentados trocaram alguns olhares que os dois não saberiam compreender, se percebessem. Mas nada perceberam, nem os olhares nem duas ou três piadas enigmáticas. Quando faltavam dez para as seis saíram juntos, altos e altivos, para assistir ao último filme de Jane Fonda.

5

Quando começava a primavera, Saul fez aniversário. Porque achava seu amigo muito solitário ou por outra razão assim, Raul deu a ele a gaiola com Carlos Gardel. No começo do verão, foi a vez de Raul fazer aniversário. E porque estava sem dinheiro, porque seu amigo não tinha nada nas paredes da quitinete, Saul deu a ele a reprodução de Van Gogh. Mas entre esses dois aniversários, aconteceu alguma coisa.

No Norte, quando começava dezembro, a mãe de Raul morreu e ele precisou passar uma semana fora. Desorientado, Saul vagava pelos corredores da firma esperando um telefonema que não vinha, tentando em vão concentrar-se nos despachos, processos, protocolos. À noite, em seu quarto, ligava a televisão gastando tempo em novelas vadias ou desenhando olhos cada vez mais enormes, enquanto acariciava Carlos Gardel. Bebeu bastante nessa semana. E teve um sonho: caminhava entre as pessoas da repartição, todas de preto, acusadoras. À exceção de Raul, todo de branco, abrindo os braços para ele. Abraçados fortemente, e tão próximos que um podia sentir o cheiro do outro. Acordou pensando estranho, ele é que devia estar de luto.

Raul voltou sem luto. Numa sexta-feira de tardezinha, telefonou para a repartição pedindo a Saul que fosse vê-lo. A voz de baixo profundo parecia ainda mais baixa e mais profunda. Saul foi. Raul tinha deixado a barba crescer. Estranhamente, em vez de parecer mais velho ou mais sério, tinha um rosto quase de menino. Beberam muito nessa noite. Raul falou longamente da mãe – eu podia ter sido mais legal com ela, coitada, disse, e não cantou. Quando Saul estava indo embora, começou a chorar. Sem saber ao certo o que fazia, Saul estendeu a mão, e quando percebeu seus dedos tinham tocado a barba crescida de Raul. Sem tempo para compreenderem, abraçaram-se fortemente. E tão próximos ficaram que um podia sentir o cheiro do outro: o de Raul, flor murcha, gaveta fechada; o de Saul, colônia de barba, talco. Durou muito tempo. A mão de Saul tocava a barba de Raul, que passava os dedos pelos caracóis miúdos do cabelo do outro. Não diziam nada. No silêncio era possível ouvir uma torneira pingando longe. Tanto tempo durou aquilo que, quando Saul levou a mão ao cinzeiro, o cigarro era apenas uma longa cinza que ele esmagou sem compreender.

Afastaram-se, então. Raul disse qualquer coisa como eu não tenho mais ninguém no mundo, e Saul outra coisa como você tem a mim agora, e para sempre. Usavam palavras grandes – ninguém, mundo, sempre – e apertavam-se as duas mãos ao mesmo tempo, olhando-se nos olhos injetados de fumo e choro e álcool. Embora fosse sexta e não precisassem ir à repartição na manhã seguinte, Saul despediu-se. Caminhou durante horas pelas ruas desertas, cheias apenas de gatos e putas. Em casa, acariciou Carlos Gardel até que os dois dormissem. Mas um pouco antes, sem saber por que, começou a chorar sentindo-se só e pobre e feio e infeliz e confuso e abandonado e bêbado e triste, triste, triste. Pensou em ligar para Raul, mas não tinha fichas e era muito tarde.

6

Depois chegou o Natal, o Ano-Novo que passaram juntos, recusando convites dos colegas de repartição. Raul deu a Saul uma reprodução do *Nascimento de Vênus,* de Botticelli, que ele colocou na parede exatamente onde estivera o quadro de Van Gogh. Saul deu a Raul um disco chamado Os *grandes sucessos de Dalva de Oliveira.* A faixa que mais ouviram foi "Nossas vidas", prestando atenção naquele trechinho que dizia *até nossos beijos parecem beijos de quem nunca amou.*

Foi na noite de 31, aberto o champanhe na quitinete de Raul, que Saul ergueu a taça e brindou à nossa amizade que nunca vai terminar. Beberam até quase cair. Na hora de deitar, trocando a roupa no banheiro, muito bêbado, Saul falou que ia dormir nu. Raul olhou para ele e disse você tem um corpo bonito. Você também, disse Saul, e baixou os olhos. Deitaram ambos nus, um na cama atrás do guarda-roupa, outro no sofá. Quase a noite inteira, um podia ver a brasa acesa do cigarro do outro, furando o escuro feito um demônio de olhos incendiados. Pela manhã Saul foi embora sem se despedir, para que Raul não percebesse suas fundas olheiras.

Quando janeiro começou, quase na época de tirarem férias – e tinham planejado juntos quem sabe Parati, Ouro Preto, Porto Seguro –, ficaram surpresos naquela manhã em que o chefe de seção os chamou, perto do meio-dia. Fazia muito calor. Suarento, o chefe foi direto ao assunto: tinha recebido algumas cartas anônimas. Recusou-se a mostrá-las. Pálidos, os dois ouviram expressões como "relação anormal e ostensiva", "desavergonhada aberração", "comportamento doentio, psicologia deformada", sempre assinadas por Um Atento Guardião da Moral. Saul baixou os olhos desmaiados, mas Raul levantou de um salto. Parecia muito alto quando, com uma das mãos apoiadas no ombro do amigo e a outra erguendo-se atrevida no ar, conseguiu ainda dizer a palavra *nunca*, antes que o chefe, depois de coisas como a-reputação-de-nossa-firma ou tenho-que-zelar-pela-moral-dos-meus-funcionários, declarasse frio: os senhores estão despedidos.

Esvaziaram lentamente cada um a sua gaveta, a sala vazia na hora do almoço, sem se olharem nos olhos. O sol de verão escaldava o tampo de metal das mesas. Raul guardou no grande envelope pardo um par de enormes olhos sem íris nem pupilas, presente de Saul, que guardou no seu grande envelope pardo a letra de "Tu me acostumbraste", escrita por Raul numa tarde qualquer de agosto e com algumas manchas de café. Desceram juntos pelo elevador, em silêncio.

Mas quando saíram pela porta daquele prédio grande e antigo, parecido com uma clínica psiquiátrica ou uma penitenciária, vistos de cima pelos colegas todos nas janelas, a camisa branca de um e a azul do outro, estavam ainda mais altos e mais altivos. Demoraram alguns minutos na frente do edifício. Depois apanharam o mesmo táxi, Raul abrindo a porta para que

Saul entrasse. *Ai-ai!* alguém gritou da janela. Mas eles não ouviram. O táxi já tinha dobrado a esquina.

Pelas tardes poeirentas daquele resto de janeiro, quando o sol parecia a gema de um enorme ovo frito no azul sem nuvens do céu, ninguém mais conseguiu trabalhar em paz na repartição. Quase todos ali dentro tinham a nítida sensação de que seriam infelizes para sempre. E foram.

O INIMIGO SECRETO

Para Mario Bertoni

1

O envelope não tinha nada de especial. Branco, retangular, seu nome e endereço datilografados corretamente do lado esquerdo, sem remetente. Guardou-o no bolso até a hora de dormir, quando, vestindo o pijama (azul, bolinhas brancas), lembrou. Abriu, então. E leu: "Seu porco, talvez você pense que engana muita gente. Mas a mim você nunca enganou. Faz muito tempo que acompanho suas cachorradas. Hoje é só um primeiro contato. Para avisá-lo que estou de olho em você. Cordialmente, seu Inimigo Secreto".

A esposa ao lado notou a palidez. E ele sufocou um grito, como nos romances. Mas não era nada, disse, nada, talvez a carne de porco do jantar. Foi à cozinha tomar sal de frutas. Leu de novo e quebrou o copo sem querer. Voltou para o quarto, apagou a luz e, no escuro, fumou quatro cigarros antes de conseguir dormir.

2

Dois dias depois veio o segundo. Examinando a correspondência do dia localizou o envelope branco, retangular, nome e endereço datilografados no lado esquerdo, sem remetente. Pediu um café à secretária, acendeu um cigarro e leu: "Tenho pensado muito em sua mãe. Não sei se você está lembrado: quando ela teve o terceiro enfarte e ficou inutilizada você não hesitou em mandá-la para aquele asilo. Ela não podia falar direito, mas conseguiu pedir que não a enviasse para lá. Queria morrer em casa. Mas você não suporta a doença e a morte a seu lado (embora elas estejam dentro de você). Então mandou-a para o asilo e ela morreu uma semana depois. Por sua culpa. Cordialmente, seu Inimigo Secreto".

Abriu a terceira gaveta da escrivaninha e colocou-o junto com o primeiro. Pediu outro café, acendeu outro cigarro. Suspendeu a reunião daquele dia. Parado na janela, fumando sem parar, olhava a cidade e pensava coisas assim: "Mas era um asilo ótimo, mandei construir um túmulo todo de mármore, teve mais de dez coroas de flores, ela já estava mesmo muito velha".

3

Alguns dias depois, outro. Com o tempo, começou a se estabelecer um ritmo. Chegavam às terças e quintas, invariavelmente. O terceiro, que ele abriu com dedos trêmulos, dizia: "Você lembra da Clélia? Tinha só dezesseis anos quando você a empregou como secretária. Cabelo claro, fino, olhos assustados. Logo vieram as caronas até a casa em Sarandi, os jantares à luz de velas, depois os hoteizinhos em Ipanema, um pequeno apartamento no centro e a gravidez. Ela era corajosa, queria ter a criança, não se importava de ser mãe solteira. Você teve medo, não podia se comprometer. Semana que vem faz dois anos que ela morreu na mesa de aborto".

4

Fumava cada vez mais, sobretudo às terças e quintas. As cartas se acumulavam na terceira gaveta da escrivaninha:

"E o Hélio? Lembra do Hélio, seu ex-sócio? Desde que você conseguiu a maior parte das ações com aquele golpe sujo e o reduziu a nada dentro da companhia, ele começou a beber, tentou o suicídio e esteve internado três vezes numa clínica psiquiátrica."

E:

"Então você se sentiu orgulhoso de si mesmo no jantar que os funcionários lhe ofereceram no sábado passado? Talvez não se sentisse tanto se pudesse ver no espelho a sua barriga gorda e os seus olhinhos de cobra no decote de dona Leda. Depois que você se foi, ela riu durante meia hora e foi para a cama com o Jorginho do departamento de compras."

E:

"E o fracasso sexual com sua mulher no domingo? Será que minhas cartas o têm perturbado tanto? Ou será apenas que você está ficando velho e brocha?"

5

Com cuidado, a mulher insinuou que devia procurar um psiquiatra. Ele desconversou, falou no tempo e convidou-a para ir ao cinema. A terceira gaveta transbordava. Além das terças e quintas, depois de um mês as cartas passaram a vir também aos sábados. E, depois de dois meses, todos os dias. Tentava controlar-se, pensou em não abrir mais os envelopes. Chegou a rasgar um deles e jogar os pedaços no cesto de papéis. Depois viu-se de quatro, juntando pedacinhos como num quebra-cabeça, para decifrar: "Você tem observado seu filho Luiz Carlos? Já reparou na maneira de ele cruzar as pernas? E o que me diz do jeito como penteia o cabelo? Não é exatamente o que se poderia chamar *um tipo viril*. Parece que faz questão de cada vez mais parecer-se com sua mulher. Talvez tenha nojo de parecer-se com você".

6

"Há quanto tempo você não tem um bom orgasmo?"

"E aquele seu pesadelo, tem voltado? Você está completamente nu sobre uma plataforma no meio da praça. A multidão em volta ri das suas banhas, da sua bunda mole, obrigam-no a dançar com um colar de flores no pescoço e jogam-lhe ovos e tomates podres."

"Uma farsa, essa sua vida. O seu casamento, a sua casa em Torres, a sua profissão – uma farsa. E o pior é que você já não consegue nem fingir que acredita nela."

"Pergunte à sua mulher sobre um certo Antônio Carlos. E, se ela lhe disser que a mancha roxa no seio foi uma batida, não acredite."

"Quando criança você não queria ser marinheiro?"

7

Suportou seis meses. Uma tarde, pediu à secretária um envelope branco, colocou papel na máquina e escreveu: "Seu verme, ao receber esta carta amanhã, reconhecerá que venci. Ao chegar em casa, apanhará o revólver na mesinha de cabeceira e disparará um tiro contra o céu da boca". Acendeu um cigarro. Depois bateu devagar, letra por letra: "Cordialmente, seu Inimigo Secreto". Datilografou o próprio nome e endereço na parte esquerda do envelope, sem remetente. Chamou a secretária e pediu que colocasse no correio. Como vinha fazendo nos últimos seis meses.

Coleção L&PM POCKET (Lançamentos mais recentes)

786. A extravagância do morto – Agatha Christie
787. (13). Cézanne – Bernard Fauconnier
788. A identidade Bourne – Robert Ludlum
789. Da tranquilidade da alma – Sêneca
790. Um artista da fome *seguido de* Na colônia penal e outras histórias – Kafka
791. Histórias de fantasmas – Charles Dickens
796. O Uraguai – Basílio da Gama
797. A mão misteriosa – Agatha Christie
798. Testemunha ocular do crime – Agatha Christie
799. Crepúsculo dos ídolos – Friedrich Nietzsche
802. O grande golpe – Dashiell Hammett
803. Humor barra pesada – Nani
804. Vinho – Jean-François Gautier
805. Egito Antigo – Sophie Desplancques
806. (14). Baudelaire – Jean-Baptiste Baronian
807. Caminho da sabedoria, caminho da paz – Dalai Lama e Felizitas von Schönborn
808. Senhor e servo e outras histórias – Tolstói
809. Os cadernos de Malte Laurids Brigge – Rilke
810. Dilbert (5) – Scott Adams
811. Big Sur – Jack Kerouac
812. Seguindo a correnteza – Agatha Christie
813. O álibi – Sandra Brown
814. Montanha-russa – Martha Medeiros
815. Coisas da vida – Martha Medeiros
816. A cantada infalível *seguido de* A mulher do centroavante – David Coimbra
819. Snoopy: Pausa para a soneca (9) – Charles Schulz
820. De pernas pro ar – Eduardo Galeano
821. Tragédias gregas – Pascal Thiercy
822. Existencialismo – Jacques Colette
823. Nietzsche – Jean Granier
824. Amar ou depender? – Walter Riso
825. Darmapada: A doutrina budista em versos
826. J'Accuse...! – a verdade em marcha – Zola
827. Os crimes ABC – Agatha Christie
828. Um gato entre os pombos – Agatha Christie
831. Dicionário de teatro – Luiz Paulo Vasconcellos
832. Cartas extraviadas – Martha Medeiros
833. A longa viagem de prazer – J. J. Morosoli
834. Receitas fáceis – J. A. Pinheiro Machado
835. (14). Mais fatos & mitos – Dr. Fernando Lucchese
836. (15). Boa viagem! – Dr. Fernando Lucchese
837. Aline: Finalmente nua!!! (4) – Adão Iturrusgarai
838. Mônica tem uma novidade! – Mauricio de Sousa
839. Cebolinha em apuros! – Mauricio de Sousa
840. Sócios no crime – Agatha Christie
841. Bocas do tempo – Eduardo Galeano
842. Orgulho e preconceito – Jane Austen
843. Impressionismo – Dominique Lobstein
844. Escrita chinesa – Viviane Alleton
845. Paris: uma história – Yvan Combeau
846. (15). Van Gogh – David Haziot
848. Portal do destino – Agatha Christie
849. O futuro de uma ilusão – Freud
850. O mal-estar na cultura – Freud
853. Um crime adormecido – Agatha Christie
854. Satori em Paris – Jack Kerouac
855. Medo e delírio em Las Vegas – Hunter Thompson
856. Um negócio fracassado e outros contos de humor – Tchékhov
857. Mônica está de férias! – Mauricio de Sousa
858. De quem é esse coelho? – Mauricio de Sousa
860. O mistério Sittaford – Agatha Christie
861. Manhã transfigurada – L. A. de Assis Brasil
862. Alexandre, o Grande – Pierre Briant
863. Jesus – Charles Perrot
864. Islã – Paul Balta
865. Guerra da Secessão – Farid Ameur
866. Um rio que vem da Grécia – Cláudio Moreno
868. Assassinato na casa do pastor – Agatha Christie
869. Manual do líder – Napoleão Bonaparte
870. (16). Billie Holiday – Sylvia Fol
871. Bidu arrasando! – Mauricio de Sousa
872. Os Sousa: Desventuras em família – Mauricio de Sousa
874. E no final a morte – Agatha Christie
875. Guia prático do Português correto – vol. 4 – Cláudio Moreno
876. Dilbert (6) – Scott Adams
877. (17). Leonardo da Vinci – Sophie Chauveau
878. Bella Toscana – Frances Mayes
879. A arte da ficção – David Lodge
880. Striptiras (4) – Laerte
881. Skrotinhos – Angeli
882. Depois do funeral – Agatha Christie
883. Radicci 7 – Iotti
884. Walden – H. D. Thoreau
885. Lincoln – Allen C. Guelzo
886. Primeira Guerra Mundial – Michael Howard
887. A linha de sombra – Joseph Conrad
888. O amor é um cão dos diabos – Bukowski
890. Despertar: uma vida de Buda – Jack Kerouac
891. (18). Albert Einstein – Laurent Seksik
892. Hell's Angels – Hunter Thompson
893. Ausência na primavera – Agatha Christie
894. Dilbert (7) – Scott Adams
895. Ao sul de lugar nenhum – Bukowski
896. Maquiavel – Quentin Skinner
897. Sócrates – C.C.W. Taylor
899. O Natal de Poirot – Agatha Christie
900. As veias abertas da América Latina – Eduardo Galeano
901. Snoopy: Sempre alerta! (10) – Charles Schulz
902. Chico Bento: Plantando confusão – Mauricio de Sousa
903. Penadinho: Quem é morto sempre aparece – Mauricio de Sousa
904. A vida sexual da mulher feia – Claudia Tajes
905. 100 segredos de liquidificador – José Antonio Pinheiro Machado

906. **Sexo muito prazer 2** – Laura Meyer da Silva
907. **Os nascimentos** – Eduardo Galeano
908. **As caras e as máscaras** – Eduardo Galeano
909. **O século do vento** – Eduardo Galeano
910. **Poirot perde uma cliente** – Agatha Christie
911. **Cérebro** – Michael O'Shea
912. **O escaravelho de ouro e outras histórias** – Edgar Allan Poe
913. **Piadas para sempre (4)** – Visconde da Casa Verde
914. **100 receitas de massas light** – Helena Tonetto
915(19). **Oscar Wilde** – Daniel Salvatore Schiffer
916. **Uma breve história do mundo** – H. G. Wells
917. **A Casa do Penhasco** – Agatha Christie
919. **John M. Keynes** – Bernard Gazier
920(20). **Virginia Woolf** – Alexandra Lemasson
921. **Peter e Wendy** *seguido de* **Peter Pan em Kensington Gardens** – J. M. Barrie
922. **Aline: numas de colegial (5)** – Adão Iturrusgarai
923. **Uma dose mortal** – Agatha Christie
924. **Os trabalhos de Hércules** – Agatha Christie
926. **Kant** – Roger Scruton
927. **A inocência do Padre Brown** – G.K. Chesterton
928. **Casa Velha** – Machado de Assis
929. **Marcas de nascença** – Nancy Huston
930. **Aulete de bolso**
931. **Hora Zero** – Agatha Christie
932. **Morte na Mesopotâmia** – Agatha Christie
934. **Nem te conto, João** – Dalton Trevisan
935. **As aventuras de Huckleberry Finn** – Mark Twain
936(21). **Marilyn Monroe** – Anne Plantagenet
937. **China moderna** – Rana Mitter
938. **Dinossauros** – David Norman
939. **Louca por homem** – Claudia Tajes
940. **Amores de alto risco** – Walter Riso
941. **Jogo de damas** – David Coimbra
942. **Filha é filha** – Agatha Christie
943. **M ou N?** – Agatha Christie
945. **Bidu: diversão em dobro!** – Mauricio de Sousa
946. **Fogo** – Anaïs Nin
947. **Rum: diário de um jornalista bêbado** – Hunter Thompson
948. **Persuasão** – Jane Austen
949. **Lágrimas na chuva** – Sergio Faraco
950. **Mulheres** – Bukowski
951. **Um pressentimento funesto** – Agatha Christie
952. **Cartas na mesa** – Agatha Christie
954. **O lobo do mar** – Jack London
955. **Os gatos** – Patricia Highsmith
956(22). **Jesus** – Christiane Rancé
957. **História da medicina** – William Bynum
958. **O Morro dos Ventos Uivantes** – Emily Brontë
959. **A filosofia na era trágica dos gregos** – Nietzsche
960. **Os treze problemas** – Agatha Christie
961. **A massagista japonesa** – Moacyr Scliar
963. **Humor do miserê** – Nani
964. **Todo o mundo tem dúvida, inclusive você** – Édison de Oliveira
965. **A dama do Bar Nevada** – Sergio Faraco
969. **O psicopata americano** – Bret Easton Ellis
970. **Ensaios de amor** – Alain de Botton
971. **O grande Gatsby** – F. Scott Fitzgerald
972. **Por que não sou cristão** – Bertrand Russell
973. **A Casa Torta** – Agatha Christie
974. **Encontro com a morte** – Agatha Christie
975(23). **Rimbaud** – Jean-Baptiste Baronian
976. **Cartas na rua** – Bukowski
977. **Memória** – Jonathan K. Foster
978. **A abadia de Northanger** – Jane Austen
979. **As pernas de Úrsula** – Claudia Tajes
980. **Retrato inacabado** – Agatha Christie
981. **Solanin (1)** – Inio Asano
982. **Solanin (2)** – Inio Asano
983. **Aventuras de menino** – Mitsuru Adachi
984(16). **Fatos & mitos sobre sua alimentação** – Dr. Fernando Lucchese
985. **Teoria quântica** – John Polkinghorne
986. **O eterno marido** – Fiódor Dostoiévski
987. **Um safado em Dublin** – J. P. Donleavy
988. **Mirinha** – Dalton Trevisan
989. **Akhenaton e Nefertiti** – Carmen Seganfredo e A. S. Franchini
990. **On the Road – o manuscrito original** – Jack Kerouac
991. **Relatividade** – Russell Stannard
992. **Abaixo de zero** – Bret Easton Ellis
993(24). **Andy Warhol** – Mériam Korichi
995. **Os últimos casos de Miss Marple** – Agatha Christie
996. **Nico Demo: Aí vem encrenca** – Mauricio de Sousa
998. **Rousseau** – Robert Wokler
999. **Noite sem fim** – Agatha Christie
1000. **Diários de Andy Warhol (1)** – Editado por Pat Hackett
1001. **Diários de Andy Warhol (2)** – Editado por Pat Hackett
1002. **Cartier-Bresson: o olhar do século** – Pierre Assouline
1003. **As melhores histórias da mitologia: vol. 1** – A.S. Franchini e Carmen Seganfredo
1004. **As melhores histórias da mitologia: vol. 2** – A.S. Franchini e Carmen Seganfredo
1005. **Assassinato no beco** – Agatha Christie
1006. **Convite para um homicídio** – Agatha Christie
1008. **História da vida** – Michael J. Benton
1009. **Jung** – Anthony Stevens
1010. **Arsène Lupin, ladrão de casaca** – Maurice Leblanc
1011. **Dublinenses** – James Joyce
1012. **120 tirinhas da Turma da Mônica** – Mauricio de Sousa
1013. **Antologia poética** – Fernando Pessoa
1014. **A aventura de um cliente ilustre** *seguido de* **O último adeus de Sherlock Holmes** – Sir Arthur Conan Doyle
1015. **Cenas de Nova York** – Jack Kerouac
1016. **A corista** – Anton Tchékhov

1017. **O diabo** – Leon Tolstói
1018. **Fábulas chinesas** – Sérgio Capparelli e Márcia Schmaltz
1019. **O gato do Brasil** – Sir Arthur Conan Doyle
1020. **Missa do Galo** – Machado de Assis
1021. **O mistério de Marie Rogêt** – Edgar Allan Poe
1022. **A mulher mais linda da cidade** – Bukowski
1023. **O retrato** – Nicolai Gogol
1024. **O conflito** – Agatha Christie
1025. **Os primeiros casos de Poirot** – Agatha Christie
1027(25). **Beethoven** – Bernard Fauconnier
1028. **Platão** – Julia Annas
1029. **Cleo e Daniel** – Roberto Freire
1030. **Til** – José de Alencar
1031. **Viagens na minha terra** – Almeida Garrett
1032. **Profissões para mulheres e outros artigos feministas** – Virginia Woolf
1033. **Mrs. Dalloway** – Virginia Woolf
1034. **O cão da morte** – Agatha Christie
1035. **Tragédia em três atos** – Agatha Christie
1037. **O fantasma da Ópera** – Gaston Leroux
1038. **Evolução** – Brian e Deborah Charlesworth
1039. **Medida por medida** – Shakespeare
1040. **Razão e sentimento** – Jane Austen
1041. **A obra-prima ignorada** *seguido de* **Um episódio durante o Terror** – Balzac
1042. **A fugitiva** – Anaïs Nin
1043. **As grandes histórias da mitologia greco-romana** – A. S. Franchini
1044. **O corno de si mesmo & outras historietas** – Marquês de Sade
1045. **Da felicidade** *seguido de* **Da vida retirada** – Sêneca
1046. **O horror em Red Hook e outras histórias** – H. P. Lovecraft
1047. **Noite em claro** – Martha Medeiros
1048. **Poemas clássicos chineses** – Li Bai, Du Fu e Wang Wei
1049. **A terceira moça** – Agatha Christie
1050. **Um destino ignorado** – Agatha Christie
1051(26). **Buda** – Sophie Royer
1052. **Guerra Fria** – Robert J. McMahon
1053. **Simons's Cat: as aventuras de um gato travesso e comilão – vol. 1** – Simon Tofield
1054. **Simons's Cat: as aventuras de um gato travesso e comilão – vol. 2** – Simon Tofield
1055. **Só as mulheres e as baratas sobreviverão** – Claudia Tajes
1057. **Pré-história** – Chris Gosden
1058. **Pintou sujeira!** – Mauricio de Sousa
1059. **Contos de Mamãe Gansa** – Charles Perrault
1060. **A interpretação dos sonhos: vol. 1** – Freud
1061. **A interpretação dos sonhos: vol. 2** – Freud
1062. **Frufru Rataplã Dolores** – Dalton Trevisan
1063. **As melhores histórias da mitologia egípcia** – Carmem Seganfredo e A.S. Franchini
1064. **Infância. Adolescência. Juventude** – Tolstói
1065. **As consolações da filosofia** – Alain de Botton
1066. **Diários de Jack Kerouac – 1947-1954**
1067. **Revolução Francesa – vol. 1** – Max Gallo
1068. **Revolução Francesa – vol. 2** – Max Gallo
1069. **O detetive Parker Pyne** – Agatha Christie
1070. **Memórias do esquecimento** – Flávio Tavares
1071. **Drogas** – Leslie Iversen
1072. **Manual de ecologia (vol.2)** – J. Lutzenberger
1073. **Como andar no labirinto** – Affonso Romano de Sant'Anna
1074. **A orquídea e o serial killer** – Juremir Machado da Silva
1075. **Amor nos tempos de fúria** – Lawrence Ferlinghetti
1076. **A aventura do pudim de Natal** – Agatha Christie
1078. **Amores que matam** – Patricia Faur
1079. **Histórias de pescador** – Mauricio de Sousa
1080. **Pedaços de um caderno manchado de vinho** – Bukowski
1081. **A ferro e fogo: tempo de solidão (vol.1)** – Josué Guimarães
1082. **A ferro e fogo: tempo de guerra (vol.2)** – Josué Guimarães
1084(17). **Desembarcando o Alzheimer** – Dr. Fernando Lucchese e Dra. Ana Hartmann
1085. **A maldição do espelho** – Agatha Christie
1086. **Uma breve história da filosofia** – Nigel Warburton
1088. **Heróis da História** – Will Durant
1089. **Concerto campestre** – L. A. de Assis Brasil
1090. **Morte nas nuvens** – Agatha Christie
1092. **Aventura em Bagdá** – Agatha Christie
1093. **O cavalo amarelo** – Agatha Christie
1094. **O método de interpretação dos sonhos** – Freud
1095. **Sonetos de amor e desamor** – Vários
1096. **120 tirinhas do Dilbert** – Scott Adams
1097. **200 fábulas de Esopo**
1098. **O curioso caso de Benjamin Button** – F. Scott Fitzgerald
1099. **Piadas para sempre: uma antologia para morrer de rir** – Visconde da Casa Verde
1100. **Hamlet (Mangá)** – Shakespeare
1101. **A arte da guerra (Mangá)** – Sun Tzu
1104. **As melhores histórias da Bíblia (vol.1)** – A. S. Franchini e Carmen Seganfredo
1105. **As melhores histórias da Bíblia (vol.2)** – A. S. Franchini e Carmen Seganfredo
1106. **Psicologia das massas e análise do eu** – Freud
1107. **Guerra Civil Espanhola** – Helen Graham
1108. **A autoestrada do sul e outras histórias** – Julio Cortázar
1109. **O mistério dos sete relógios** – Agatha Christie
1110. **Peanuts: Ninguém gosta de mim... (amor)** – Charles Schulz
1111. **Cadê o bolo?** – Mauricio de Sousa
1112. **O filósofo ignorante** – Voltaire
1113. **Totem e tabu** – Freud
1114. **Filosofia pré-socrática** – Catherine Osborne
1115. **Desejo de status** – Alain de Botton
1118. **Passageiro para Frankfurt** – Agatha Christie
1120. **Kill All Enemies** – Melvin Burgess

1121. **A morte da sra. McGinty** – Agatha Christie
1122. **Revolução Russa** – S. A. Smith
1123. **Até você, Capitu?** – Dalton Trevisan
1124. **O grande Gatsby (Mangá)** – F. S. Fitzgerald
1125. **Assim falou Zaratustra (Mangá)** – Nietzsche
1126. **Peanuts: É para isso que servem os amigos (amizade)** – Charles Schulz
1127(27). **Nietzsche** – Dorian Astor
1128. **Bidu: Hora do banho** – Mauricio de Sousa
1129. **O melhor do Macanudo Taurino** – Santiago
1130. **Radicci 30 anos** – Iotti
1131. **Show de sabores** – J.A. Pinheiro Machado
1132. **O prazer das palavras** – vol. 3 – Cláudio Moreno
1133. **Morte na praia** – Agatha Christie
1134. **O fardo** – Agatha Christie
1135. **Manifesto do Partido Comunista (Mangá)** – Marx & Engels
1136. **A metamorfose (Mangá)** – Franz Kafka
1137. **Por que você não se casou... ainda** – Tracy McMillan
1138. **Textos autobiográficos** – Bukowski
1139. **A importância de ser prudente** – Oscar Wilde
1140. **Sobre a vontade na natureza** – Arthur Schopenhauer
1141. **Dilbert (8)** – Scott Adams
1142. **Entre dois amores** – Agatha Christie
1143. **Cipreste triste** – Agatha Christie
1144. **Alguém viu uma assombração?** – Mauricio de Sousa
1145. **Mandela** – Elleke Boehmer
1146. **Retrato do artista quando jovem** – James Joyce
1147. **Zadig ou o destino** – Voltaire
1148. **O contrato social (Mangá)** – J.-J. Rousseau
1149. **Garfield fenomenal** – Jim Davis
1150. **A queda da América** – Allen Ginsberg
1151. **Música na noite & outros ensaios** – Aldous Huxley
1152. **Poesias inéditas & Poemas dramáticos** – Fernando Pessoa
1153. **Peanuts: Felicidade é...** – Charles M. Schulz
1154. **Mate-me por favor** – Legs McNeil e Gillian McCain
1155. **Assassinato no Expresso Oriente** – Agatha Christie
1156. **Um punhado de centeio** – Agatha Christie
1157. **A interpretação dos sonhos (Mangá)** – Freud
1158. **Peanuts: Você não entende o sentido da vida** – Charles M. Schulz
1159. **A dinastia Rothschild** – Herbert R. Lottman
1160. **A Mansão Hollow** – Agatha Christie
1161. **Nas montanhas da loucura** – H.P. Lovecraft
1162(28). **Napoleão Bonaparte** – Pascale Fautrier
1163. **Um corpo na biblioteca** – Agatha Christie
1164. **Inovação** – Mark Dodgson e David Gann
1165. **O que toda mulher deve saber sobre os homens: a afetividade masculina** – Walter Riso
1166. **O amor está no ar** – Mauricio de Sousa
1167. **Testemunha de acusação & outras histórias** – Agatha Christie
1168. **Etiqueta de bolso** – Celia Ribeiro
1169. **Poesia reunida (volume 3)** – Affonso Romano de Sant'Anna
1170. **Emma** – Jane Austen
1171. **Que seja em segredo** – Ana Miranda
1172. **Garfield sem apetite** – Jim Davis
1173. **Garfield: Foi mal...** – Jim Davis
1174. **Os irmãos Karamázov (Mangá)** – Dostoiévski
1175. **O Pequeno Príncipe** – Antoine de Saint-Exupéry
1176. **Peanuts: Ninguém mais tem o espírito aventureiro** – Charles M. Schulz
1177. **Assim falou Zaratustra** – Nietzsche
1178. **Morte no Nilo** – Agatha Christie
1179. **Ê, soneca boa** – Mauricio de Sousa
1180. **Garfield a todo o vapor** – Jim Davis
1181. **Em busca do tempo perdido (Mangá)** – Proust
1182. **Cai o pano: o último caso de Poirot** – Agatha Christie
1183. **Livro para colorir e relaxar** – Livro 1
1184. **Para colorir sem parar**
1185. **Os elefantes não esquecem** – Agatha Christie
1186. **Teoria da relatividade** – Albert Einstein
1187. **Compêndio da psicanálise** – Freud
1188. **Visões de Gerard** – Jack Kerouac
1189. **Fim de verão** – Mohiro Kitoh
1190. **Procurando diversão** – Mauricio de Sousa
1191. **E não sobrou nenhum e outras peças** – Agatha Christie
1192. **Ansiedade** – Daniel Freeman & Jason Freeman
1193. **Garfield: pausa para o almoço** – Jim Davis
1194. **Contos do dia e da noite** – Guy de Maupassant
1195. **O melhor de Hagar 7** – Dik Browne
1196(29). **Lou Andreas-Salomé** – Dorian Astor
1197(30). **Pasolini** – René de Ceccatty
1198. **O caso do Hotel Bertram** – Agatha Christie
1199. **Crônicas de motel** – Sam Shepard
1200. **Pequena filosofia da paz interior** – Catherine Rambert
1201. **Os sertões** – Euclides da Cunha
1202. **Treze à mesa** – Agatha Christie
1203. **Bíblia** – John Riches
1204. **Anjos** – David Albert Jones
1205. **As tirinhas do Guri de Uruguaiana 1** – Jair Kobe
1206. **Entre aspas (vol.1)** – Fernando Eichenberg
1207. **Escrita** – Andrew Robinson
1208. **O spleen de Paris: pequenos poemas em prosa** – Charles Baudelaire
1209. **Satíricon** – Petrônio
1210. **O avarento** – Molière
1211. **Queimando na água, afogando-se na chama** – Bukowski
1212. **Miscelânea septuagenária: contos e poemas** – Bukowski
1213. **Que filosofar é aprender a morrer e outros ensaios** – Montaigne
1214. **Da amizade e outros ensaios** – Montaigne

1215. **O medo à espreita e outras histórias** – H.P. Lovecraft
1216. **A obra de arte na era de sua reprodutibilidade técnica** – Walter Benjamin
1217. **Sobre a liberdade** – John Stuart Mill
1218. **O segredo de Chimneys** – Agatha Christie
1219. **Morte na rua Hickory** – Agatha Christie
1220. **Ulisses (Mangá)** – James Joyce
1221. **Ateísmo** – Julian Baggini
1222. **Os melhores contos de Katherine Mansfield** – Katherine Mansfied
1223. (31). **Martin Luther King** – Alain Foix
1224. **Millôr Definitivo: uma antologia de A Bíblia do Caos** – Millôr Fernandes
1225. **O Clube das Terças-Feiras e outras histórias** – Agatha Christie
1226. **Por que sou tão sábio** – Nietzsche
1227. **Sobre a mentira** – Platão
1228. **Sobre a leitura** *seguido do* **Depoimento de Céleste Albaret** – Proust
1229. **O homem do terno marrom** – Agatha Christie
1230. (32). **Jimi Hendrix** – Franck Médioni
1231. **Amor e amizade e outras histórias** – Jane Austen
1232. **Lady Susan, Os Watson e Sanditon** – Jane Austen
1233. **Uma breve história da ciência** – William Bynum
1234. **Macunaíma: o herói sem nenhum caráter** – Mário de Andrade
1235. **A máquina do tempo** – H.G. Wells
1236. **O homem invisível** – H.G. Wells
1237. **Os 36 estratagemas: manual secreto da arte da guerra** – Anônimo
1238. **A mina de ouro e outras histórias** – Agatha Christie
1239. **Pic** – Jack Kerouac
1240. **O habitante da escuridão e outros contos** – H.P. Lovecraft
1241. **O chamado de Cthulhu e outros contos** – H.P. Lovecraft
1242. **O melhor de Meu reino por um cavalo!** – Edição de Ivan Pinheiro Machado
1243. **A guerra dos mundos** – H.G. Wells
1244. **O caso da criada perfeita e outras histórias** – Agatha Christie
1245. **Morte por afogamento e outras histórias** – Agatha Christie
1246. **Assassinato no Comitê Central** – Manuel Vázquez Montalbán
1247. **O papai é pop** – Marcos Piangers
1248. **O papai é pop 2** – Marcos Piangers
1249. **A mamãe é rock** – Ana Cardoso
1250. **Paris boêmia** – Dan Franck
1251. **Paris libertária** – Dan Franck
1252. **Paris ocupada** – Dan Franck
1253. **Uma anedota infame** – Dostoiévski
1254. **O último dia de um condenado** – Victor Hugo
1255. **Nem só de caviar vive o homem** – J.M. Simmel
1256. **Amanhã é outro dia** – J.M. Simmel
1257. **Mulherzinhas** – Louisa May Alcott
1258. **Reforma Protestante** – Peter Marshall
1259. **História econômica global** – Robert C. Allen
1260. (33). **Che Guevara** – Alain Foix
1261. **Câncer** – Nicholas James
1262. **Akhenaton** – Agatha Christie
1263. **Aforismos para a sabedoria de vida** – Arthur Schopenhauer
1264. **Uma história do mundo** – David Coimbra
1265. **Ame e não sofra** – Walter Riso
1266. **Desapegue-se!** – Walter Riso
1267. **Os Sousa: Uma família do barulho** – Mauricio de Sousa
1268. **Nico Demo: O rei da travessura** – Mauricio de Sousa
1269. **Testemunha de acusação e outras peças** – Agatha Christie
1270. (34). **Dostoiévski** – Virgil Tanase
1271. **O melhor de Hagar 8** – Dik Browne
1272. **O melhor de Hagar 9** – Dik Browne
1273. **O melhor de Hagar 10** – Dik e Chris Browne
1274. **Considerações sobre o governo representativo** – John Stuart Mill
1275. **O homem Moisés e a religião monoteísta** – Freud
1276. **Inibição, sintoma e medo** – Freud
1277. **Além do princípio de prazer** – Freud
1278. **O direito de dizer não!** – Walter Riso
1279. **A arte de ser flexível** – Walter Riso
1280. **Casados e descasados** – August Strindberg
1281. **Da Terra à Lua** – Júlio Verne
1282. **Minhas galerias e meus pintores** – Kahnweiler
1283. **A arte do romance** – Virginia Woolf
1284. **Teatro completo v. 1: As aves da noite** *seguido de* **O visitante** – Hilda Hilst
1285. **Teatro completo v. 2: O verdugo** *seguido de* **A morte do patriarca** – Hilda Hilst
1286. **Teatro completo v. 3: O rato no muro** *seguido de* **Auto da barca de Camiri** – Hilda Hilst
1287. **Teatro completo v. 4: A empresa** *seguido de* **O novo sistema** – Hilda Hilst
1288. **Sapiens: Uma breve história da humanidade** – Yuval Noah Harari
1289. **Fora de mim** – Martha Medeiros
1290. **Divã** – Martha Medeiros
1291. **Sobre a genealogia da moral: um escrito polêmico** – Nietzsche
1292. **A consciência de Zeno** – Italo Svevo
1293. **Células-tronco** – Jonathan Slack
1294. **O fim do ciúme e outos contos** – Proust
1295. **A jangada** – Júlio Verne
1296. **A ilha do dr. Moreau** – H.G. Wells
1297. **Ninho de fidalgos** – Ivan Turguêniev

lepmeditores
www.lpm.com.br
o site que conta tudo

IMPRESSÃO:

PALLOTTI
GRÁFICA

Santa Maria - RS | Fone: (55) 3220.4500
www.graficapallotti.com.br